Cartes sur table

Collection de romans d'aventures
créée par Albert Pigasse

Agatha Christie

Cartes sur table

Traduit de l'anglais par Alexis Champon

ÉDITIONS DU MASQUE
17, rue Jacob 75006 Paris

Titre de l'édition originale :
CARDS ON THE TABLE

ISBN : 978-2-7024-3399-7

AVANT-PROPOS DE L'AUTEUR

On estime le plus souvent qu'un roman policier ressemble plus ou moins à une course de plat : on a un certain nombre de partants — des chevaux et des jockeys favoris. « Tu payes et tu mises ! » Le cheval d'arrivée doit, d'un commun accord, être n'importe qui sauf le favori de la course en question. En d'autres termes, ce sera probablement un parfait outsider. Mettez le doigt sur la personne la moins soupçonnable d'avoir commis le crime et, neuf fois sur dix, vous avez tapé dans le mille.

Comme je ne veux pas que mes fidèles lecteurs rejettent ce livre d'un air dégoûté, je préfère les prévenir que *ce n'est pas le genre de celui-ci*. Il n'y a que *quatre* partants et chacun d'eux, *dans certaines conditions*, pourrait avoir commis le crime. Ce qui met l'élément de surprise forcément hors jeu. Je pense néanmoins qu'on doit pouvoir s'intéresser de manière égale à ces quatre personnages qui, tous, ont commis un meurtre et qui, tous, seraient capables d'en commettre d'autres. Tous quatre sont de type radicalement différent. Les raisons qui les poussent au crime sont propres à chacun, et chacun devrait normalement employer sa propre méthode. En conséquence, le raisonnement sera exclusivement *psychologique*. Mais l'intérêt n'en aura pas diminué pour autant car, tout étant dit et fait, c'est sur *ce qui se passe dans la tête* du meurtrier que se portera l'intérêt suprême.

Pour ajouter un dernier argument en faveur de cette histoire, je préciserai qu'elle fait partie des affaires préférées d'Hercule Poirot. Et pourtant, quand il l'a racontée à son ami le capitaine Hastings, celui-ci l'a trouvée extrêmement ennuyeuse. Je me demande bien avec lequel des deux mes lecteurs tomberont d'accord ?

1

Mr SHAITANA

— Mon cher monsieur Poirot !

La voix était douce et ronronnante — une voix sans aucune spontanéité, dont on se servait délibérément comme d'un instrument.

Hercule Poirot se retourna.

Il s'inclina.

Il serra cérémonieusement la main tendue.

Il avait dans l'œil une lueur inhabituelle. On aurait dit que cette rencontre imprévue éveillait en lui des sentiments qu'il avait rarement l'occasion d'éprouver.

— Mon cher Mr Shaitana ! fit-il avec l'effroyable accent qui faisait désormais partie de son personnage.

Ils se turent. Comme deux duellistes en garde.

Nonchalante, la foule élégante des Londoniens tournoyait autour d'eux. On entendait murmurer :

« Chéri... C'est exquis ! »

« C'est tout bonnement divin, n'est-ce pas, très cher ? »

Il s'agissait de l'Exposition des Tabatières, à Wessex House. Droit d'entrée : une guinée, au profit des hôpitaux de Londres.

— Mon cher monsieur Poirot, dit Mr Shaitana, quel plaisir de vous voir ! Vous ne pendez pas, vous ne guillotinez pas en ce moment ? C'est la morte- saison dans le monde du crime ? Ou bien est-ce qu'on s'attend à un vol, ici, cet après-midi ? Ce serait trop beau !

— Hélas, monsieur, je suis venu à titre purement privé, baragouina Poirot.

Mr Shaitana fut distrait un instant par une jeune et ravissante créature, qui avait une touffe de bouclettes d'un côté de la tête et trois cornes d'abondance en paille noire de l'autre.

Il lui dit :

— Chère amie, pourquoi n'êtes-vous pas venue à ma soirée ? Elle a été absolument merveilleuse ! Un tas de gens m'ont adressé la parole ! Une femme m'a même dit : « Bonjour », « Au revoir », et « Merci beaucoup », mais, évidemment, elle débarquait d'une cité-jardin, la pauvre !

Pendant que la jeune et ravissante créature cherchait une réponse appropriée, Poirot s'autorisa une étude approfondie de l'appareillage aussi pileux qu'agressif qui ornait la lèvre supérieure de Mr Shaitana.

Une belle moustache, une très belle moustache, la seule moustache à Londres, peut-être, à pouvoir rivaliser avec celle de M. Hercule Poirot.

« Mais elle n'est pas aussi fournie, se murmura-t-il à lui-même. Non, décidément elle est inférieure en bien des aspects. Tout de même, elle attire le regard. »

Toute la personne de Mr Shaitana attirait le regard ; il avait tout conçu à cet effet. Il se donnait volontairement l'allure d'un Méphistophélès. Grand et mince, il avait un visage long et mélancolique, des sourcils épais d'un noir de jais, une moustache aux pointes gominées et une barbiche à l'impériale, noire elle aussi. Quant à ses vêtements délicieusement bien coupés, c'était des œuvres d'art, avec une touche d'excentricité.

À sa vue, tout Anglais sain d'esprit était saisi d'une sérieuse et ardente envie de lui botter le derrière ! Ils disaient tous, avec un singulier manque d'originalité : « Tiens, voilà Shaitana, ce fichu métèque ! »

Quant à leurs femmes, filles, sœurs, tantes, mères et même grand-mères, elles disaient — en substance — les expressions variant selon les générations : « Je sais, mon cher. Bien sûr, il est absolument épouvantable. Mais si riche ! Il donne des soirées merveilleuses ! Et il a toujours quelque chose de drôle et de méchant à raconter sur tout le monde. »

Personne ne savait si Mr Shaitana était argentin,

portugais, grec, ou d'une autre de ces nationalités méprisées par les insulaires britanniques.

Mais trois choses étaient sûres :

Il menait un train de vie fastueux dans un luxueux appartement de Park Lane.

Il donnait de magnifiques soirées, soirées avec foule, soirées intimes, soirées *macabres* ou respectables, mais soirées toujours résolument « bizarres ».

C'était quelqu'un dont tout le monde avait un peu peur.

Pourquoi ? Personne n'aurait pu l'exprimer avec précision. Parce qu'il en savait peut-être un peu trop sur tout un chacun ? Parce que son sens de l'humour avait quelque chose d'étrange ?

Les gens pressentaient presque toujours que mieux valait ne pas offenser Mr Shaitana.

Cet après-midi-là, Mr Shaitana paraissait d'humeur à tourmenter ce petit bonhomme ridicule qu'était Hercule Poirot.

— Alors, même les détectives ont besoin de récréation ? Vous vous intéressez à l'art sur vos vieux jours, monsieur Poirot ?

Poirot eut un sourire bon enfant.

— Vous-même, vous avez prêté trois tabatières pour cette exposition, j'ai vu ça.

Mr Shaitana fit un geste de dédain.

— On ramasse des riens ici et là. Vous devriez venir chez moi, un jour. J'ai quelques pièces intéressantes. Je ne me limite à aucune période ou à aucune sorte d'objets en particulier.

— Vous avez des goûts éclectiques, sourit Poirot.

— Comme vous dites.

Soudain, le regard de Mr Shaitana s'anima, les coins de ses lèvres se retroussèrent et ses sourcils adoptèrent une courbe étonnante.

— Je pourrais même vous montrer des objets en rapport avec votre domaine, monsieur Poirot !

— Vous avez votre « musée des horreurs » privé, alors ?

— Bah ! fit Mr Shaitana en faisant claquer ses doigts avec mépris. La tasse du meurtrier de Brighton, la pince-monseigneur d'un cambrioleur célèbre... enfantillages absurdes ! Je ne m'encombrerais jamais de bêtises pareilles. Je ne collectionne que le meilleur.

— Et qu'est-ce que vous considérez comme le meilleur, artistiquement parlant, dans le domaine du crime ?

Mr Shaitana posa deux doigts sur l'épaule de Poirot et déclara de façon théâtrale :

— Les êtres humains qui les ont commis, monsieur Poirot.

Poirot leva quelque peu les sourcils.

— Ha ! ha ! je vous ai surpris, dit Mr Shaitana. Mon cher, cher monsieur, vous et moi, nous envisageons les choses de points de vue radicalement opposés. Pour vous, c'est de la routine : un meurtre, une enquête, une piste et enfin — car vous avez indiscutablement du talent — une condamnation. Ces banalités ne m'intéressent pas. Je ne m'intéresse pas aux échantillons de second choix. Et un meurtrier qui se fait prendre est nécessairement un raté. C'est du second choix. Non, je considère ça d'un point de vue artistique. Je ne collectionne que ce qu'il y a de mieux.

— Le mieux étant... ?

— Mon cher ami... *ceux qui s'en tirent* ! Les gagnants ! Les criminels qui mènent une vie agréable sans que l'ombre d'un soupçon ne les effleure. Avouez que c'est un passe-temps amusant.

— Amusant... Je pensais plutôt à un autre mot.

— J'ai une idée ! s'écria Shaitana sans prêter attention à la réponse de Poirot. Un petit dîner ! Un dîner pour vous faire rencontrer ceux que j'expose ! Quelle idée amusante ! Comment n'y ai-je pas pensé plus tôt ? Oui... oui... Je vois ça d'ici... je le vois exactement... Mais il faut me donner un peu de temps... pas la semaine prochaine, disons la semaine suivante. Vous êtes libre ? Quel jour vous conviendrait ?

— N'importe quel jour de la semaine qui suit la prochaine, répondit Poirot avec une courbette.

— Bon, alors disons vendredi ! Ce sera le vendredi 18. Je vais le noter immédiatement dans mon agenda. En vérité, cette idée me plaît énormément.

— En ce qui me concerne, je ne suis pas très sûr qu'elle me plaise, déclara posément Poirot. Je ne veux pas dire par là que votre amabilité ne me touche pas, non, ce n'est pas ça...

Shaitana l'interrompit.

— Mais cela choque votre sensibilité bourgeoise ? Mon cher ami, il faut vous libérer des contraintes de la mentalité policière.

— Il est vrai que j'ai, vis-à-vis du meurtre, une attitude cent pour cent bourgeoise.

— Mais, mon cher, pourquoi ? C'est stupide, c'est du gâchis, de la boucherie, je vous l'accorde. Mais le meurtre peut aussi être un art ! Un meurtrier peut être un artiste !

— Oh, je le reconnais.

— Eh bien, alors ? demanda Shaitana.

— C'est quand même un meurtrier !

— Mais, cher monsieur Poirot, une chose suprêmement bien faite trouve sa justification en elle-même ! Vous n'avez pas d'imagination. Vous voudriez attraper tous les meurtriers, leur passer les menottes, les enfermer et, enfin, leur rompre le cou aux premières heures du jour. À mon avis, l'heureux auteur d'un crime devrait bénéficier d'une pension prise sur les deniers publics et être invité partout à dîner.

Poirot haussa les épaules.

— Je ne suis pas aussi insensible à l'art du crime que vous le croyez. Je peux admirer le parfait meurtrier comme j'admire le tigre, ce magnifique fauve rayé. Mais je l'admire de l'extérieur de sa cage. Je n'y entre pas. À moins, bien sûr, d'y être forcé par le devoir. Parce que, voyez-vous, Mr Shaitana, un tigre peut bondir...

Mr Shaitana se mit à rire.

— Je vois. Et le criminel ?

— Il peut commettre un crime, répondit Poirot d'un ton grave.

— Mon cher ami, quel alarmiste vous faites ! Vous ne viendrez pas voir ma collection de... tigres ?

— Bien au contraire. J'en serai enchanté.

— Quel courage !

— Vous ne me comprenez pas, Mr Shaitana. Mes

propos constituent un avertissement. Vous m'avez demandé de reconnaître que votre idée d'une collection d'assassins était amusante. Je vous ai répondu que je pensais plutôt à un autre mot. Dangereux, voilà le mot auquel je pensais. Je crois, Mr Shaitana, que votre passe-temps peut se révéler dangereux.

Mr Shaitana éclata de rire, d'un rire très méphistophélique.

Il demanda :

— Je peux compter sur vous le 18 ?

Poirot s'inclina.

— Vous pouvez compter sur moi le 18. Mille mercis.

— J'organiserai une petite soirée, dit Shaitana, songeur. N'oubliez pas. 8 heures.

Il s'éloigna. Poirot le suivit des yeux un instant.

Puis lentement, il secoua la tête, pensif.

2

UN DÎNER CHEZ Mr SHAITANA

La porte de l'appartement de Mr Shaitana s'ouvrit sans bruit. Un majordome aux cheveux grisonnants écarta le battant pour laisser entrer Poirot. Il le referma sans plus de bruit et débarrassa prestement l'invité de son pardessus et de son chapeau.

Il murmura d'une voix basse et sans expression :

— Qui dois-je annoncer ?

— M. Hercule Poirot.

Un brouhaha de conversation envahit le hall quand le majordome ouvrit une porte et annonça :

— M. Hercule Poirot.

Un verre de sherry à la main, Shaitana vint à sa rencontre. Il était, comme d'habitude, habillé à la perfection. Son côté Méphistophélès paraissait encore renforcé ce soir, et la courbe moqueuse de ses sourcils encore accentuée.

— Permettez-moi de vous présenter... vous connaissez Mrs Oliver ?

Son goût pour la mise en scène fut récompensé par le petit sursaut de surprise de Poirot.

Mrs Ariadne Oliver était un auteur très connu pour ses romans policiers et autres histoires à sensation. Elle écrivait aussi des articles bavards — et dont la syntaxe laissait à désirer — sur *La Pulsion criminelle, Les Crimes passionnels célèbres* ou *Le Meurtre par amour par opposition au Meurtre par intérêt*. C'était de surcroît une féministe fervente et chaque fois qu'un meurtre d'importance faisait la une des journaux, on pouvait être sûr d'y trouver une interview de Mrs Oliver, laquelle avait une fois de plus déclaré : « Si seulement nous avions une *femme* à la tête de Scotland Yard ! » Elle faisait de l'intuition féminine un credo.

Au demeurant, c'était une femme d'âge mûr assez plaisante, d'une beauté sans apprêt, avec de jolis yeux, de larges épaules et une tignasse grisonnante et rebelle avec laquelle elle ne cessait de se livrer à des expériences. Tantôt elle apparaissait en intellectuelle typique, les cheveux tirés en arrière et roulés en un gros chignon sur la nuque, tantôt avec des ondulations de madone ou des masses de boucles en désordre. Ce soir-là, Mrs Oliver avait essayé la frange.

De sa belle voix grave, elle salua Poirot qu'elle avait déjà rencontré à un dîner littéraire.

— ... Et le superintendant Battle, que vous connaissez certainement, poursuivit Mr Shaitana.

C'était un homme à la forte carrure, au visage de bois. Non seulement le superintendant Battle donnait l'impression que son visage avait été taillé dans le bois, mais il s'arrangeait pour que celui-ci paraisse avoir été pris dans le bois de construction d'un vaisseau de guerre.

Le superintendant Battle passait pour le plus parfait représentant de Scotland Yard. L'air toujours imperturbable et passablement borné.

— Je connais M. Poirot, dit-il.

Son visage de bois se plissa dans un sourire et reprit aussitôt son apparence inexpressive.

— Le colonel Race, poursuivit Mr Shaitana.

Sans l'avoir jamais rencontré, Poirot avait entendu parler de lui. C'était un bel homme d'une cinquantaine d'années, brun, boucané, comme on les trouve d'habitude aux confins de l'Empire, en particulier là où l'on s'attend à des troubles. « Service secret » a une résonance plutôt mélodramatique mais évoque assez bien pour le profane la nature et le champ des activités du colonel Race.

Poirot avait déjà eu le temps de saisir et d'apprécier l'humour particulier des intentions de son hôte ce soir-là.

— Nos autres invités sont en retard, dit Mr Shaitana. C'est sans doute ma faute. J'ai dû leur dire 8 heures et quart.

Mais au même moment, la porte s'ouvrit et le majordome annonça :

— Le Dr Roberts.

Le nouveau venu entra d'un pas qui parodiait assez bien celui du médecin faisant sa visite à l'hôpital. C'était un homme mûr, jovial et pittoresque. Il avait de petits yeux brillants, un début de calvitie, une tendance à l'embonpoint et le côté astiqué et aseptisé du praticien. Il était enjoué et sûr de lui. On avait l'impression que ses diagnostics devaient être justes, ses traitements faciles et agréables — « Un peu de champagne pour vous rétablir, peut-être »... Bref, un homme du monde !

— J'espère que je ne suis pas en retard, dit-il d'un ton cordial.

Il serra la main de son hôte et on fit les présentations. Il sembla particulièrement heureux de rencontrer Battle.

— Oh ! mais vous êtes une huile de Scotland Yard, n'est-ce pas ? C'est très intéressant ! Vous n'avez sans doute pas envie de parler boutique, mais je vous préviens, je vais essayer. Le crime m'a toujours passionné. Fâcheux pour un médecin, peut-être. Il ne faut pas le dire à mes malades des nerfs... ha ! ha !

La porte s'ouvrit de nouveau.

— Mrs Lorrimer.

Mrs Lorrimer était une femme élégante d'une soixantaine d'années. Elle avait des traits délicats, des cheveux gris merveilleusement bien coiffés, une voix claire et incisive.

— Je ne suis pas en retard, j'espère ? dit-elle à son hôte.

Puis elle salua le Dr Roberts qu'elle connaissait déjà.

Le majordome :

— Le major Despard.

Le major Despard était un bel homme, grand, maigre, qui avait une cicatrice à la tempe. Les présentations terminées, il se retrouva tout naturellement à côté du colonel Race, et les deux hommes se mirent bien vite à parler chasse et à comparer leurs expériences en matière de safari.

La porte s'ouvrit pour la dernière fois et le majordome annonça : « Miss Meredith. »

Une jeune fille d'une vingtaine d'années entra. Jolie, de taille moyenne. Des boucles brunes rassemblées sur la nuque, de grands yeux gris très écartés. Le visage poudré mais non maquillé. Elle parlait lentement, avec une certaine timidité.

— Oh, mon Dieu, je suis la dernière ?

Mr Shaitana l'accueillit avec un verre de sherry et une réponse fleurie et louangeuse. Il faisait les présentations de façon formaliste et presque cérémonieuse.

Il abandonna miss Meredith, qui sirotait son sherry, en compagnie de Poirot.

— Notre ami est très à cheval sur l'étiquette, déclara Poirot en souriant.

— Je sais, reconnut la jeune fille. De nos jours, on ne s'embarrasse guère de présentations. On dit : « Je suppose que vous connaissez tout le monde », et on s'en tient là.

— Que vous les connaissiez ou non ?

— Que vous les connaissiez ou non. C'est très gênant, quelquefois, mais ça, c'est encore plus impressionnant.

Elle hésita puis demanda :

— C'est Mrs Oliver, la romancière ?

À cet instant, la voix de basse de Mrs Oliver se fit entendre. Elle parlait au Dr Roberts :

— Vous ne mettrez jamais l'intuition féminine en défaut, docteur. Les femmes *sentent* ces choses-là.

Oubliant qu'elle n'avait plus de front, elle tenta de renvoyer ses cheveux en arrière, mais la frange retomba.

— Oui, c'est Mrs Oliver, confirma Poirot.

— Celle qui a écrit *Le Cadavre dans la bibliothèque* ?

— Celle-là même.

Miss Meredith fronça les sourcils.

— Et cet homme qui a l'air en bois, c'est un superintendant, d'après Mr Shaitana ?

— Oui, à Scotland Yard.

— Et vous ?
— Moi ?
— Je vous connais très bien, monsieur Poirot. C'est vous qui avez bel et bien élucidé le mystère d'ABC.
— Mademoiselle, vous me plongez dans l'embarras.
Miss Meredith plissa le front.
— Mr Shaitana... préluda-t-elle, puis elle s'interrompit et reprit : Mr Shaitana...
— Est un individu dont on pourrait dire qu'il a des « intentions criminelles », enchaîna Poirot. Il souhaite sans aucun doute que nous nous disputions. Il a déjà aiguillonné Mrs Oliver et le Mr Roberts. Ils sont en train de débattre des poisons indécelables.
— Quel homme étrange ! dit miss Meredith avec un léger soupir.
— Le Dr Roberts ?
— Non, Mr Shaitana. Je le trouve un peu inquiétant, ajouta-t-elle avec un frisson. On ne sait jamais ce qui va l'amuser. Cela peut très bien être... quelque chose de cruel.
— La chasse au renard, par exemple, hein ?
Miss Meredith lui lança un regard de reproche.
— Je veux dire... oh ! quelque chose d'*oriental* !
— Il a peut-être le goût tortureux, hasarda Poirot dont l'anglais ne s'améliorait décidément pas.
— Vous voulez dire tortueux ?
— J'ai dit tortueux, mentit effrontément Poirot, vexé.
— Je crois que je ne l'aime pas beaucoup, confessa miss Meredith en baissant la voix.
— En revanche, le dîner vous plaira, affirma Poirot. Il a un merveilleux cuisinier.
Elle le regarda d'un air de doute, puis éclata de rire.
— Au fond, s'exclama-t-elle, vous êtes tout ce qu'il y a d'humain !
— Mais bien sûr que je suis humain !
— C'est que... toutes ces célébrités sont plutôt intimidantes.
— Vous ne devriez pas être intimidée, mademoiselle, vous devriez être surexcitée. Vous devriez déjà

avoir votre stylo et votre carnet d'autographes à la main.

— C'est-à-dire... je ne m'intéresse pas outre mesure au crime, comme les femmes, en général. Ce sont toujours les hommes qui lisent des romans policiers.

Poirot soupira du fond du cœur.

— Hélas ! Que ne donnerais-je pas à cette minute pour être un acteur de cinéma, même de dernier ordre !

Le majordome ouvrit grand la porte :

— Le dîner est servi.

Les pronostics de Poirot se trouvèrent amplement confirmés. Le repas était délicieux et le service parfait. Lumières tamisées, table cirée, reflets bleutés du cristal irlandais. En bout de table, dans la pénombre, Mr Shaitana semblait plus diabolique que jamais.

Avec élégance, il fit des excuses pour la représentation inégale des deux sexes.

Mrs Lorrimer trônait à sa droite, Mrs Oliver à sa gauche. Miss Meredith était assise entre le superintendant Battle et le major Despard, Poirot entre Mrs Lorrimer et le Dr Roberts.

Ce dernier lui murmura en plaisantant :

— Nous ne vous laisserons pas monopoliser la seule jolie fille toute la soirée. Vous ne perdez pas de temps, vous, les Français !

— Il se trouve que je suis belge, rectifia Poirot.

— En ce qui concerne les femmes, c'est la même chose, mon vieux, répliqua le médecin.

Puis, renonçant aux facéties pour adopter un ton plus professionnel, il engagea une discussion avec le colonel Race sur les nouveaux traitements de la maladie du sommeil.

Mrs Lorrimer se tourna vers Poirot pour l'entretenir des derniers succès de la saison théâtrale. Ses jugements étaient judicieux et ses critiques pertinentes. De là ils passèrent aux livres, puis à la vie politique. Il la trouva bien informée et très intelligente.

De l'autre côté de la table, Mrs Oliver demandait au major Despard s'il connaissait un poison rare, hors des sentiers battus.

— Eh bien, il y a le curare.

— Mon pauvre ami, c'est dépassé ! On l'a déjà utilisé des centaines de fois. Je pensais à quelque chose de *nouveau* !

— Les tribus primitives sont plutôt démodées, répliqua le major Despard d'un ton ironique. Elles s'en tiennent aux bonnes vieilles méthodes de leurs grands-pères et arrière-grands-pères.

— C'est assommant ! J'aurais cru qu'elles passaient leur temps à faire des expériences avec toutes sortes d'herbes pilées. J'ai toujours pensé que c'était une veine pour les explorateurs. En rentrant, ils pouvaient tuer tous leurs oncles à héritage avec une nouvelle drogue dont personne n'avait entendu parler.

— Pour ça, tournez-vous plutôt vers la civilisation que vers les sauvages, répliqua Despard. Vers les laboratoires modernes, par exemple. On y cultive des germes à l'air bien innocent qui provoquent de très graves maladies.

— Cela ne plairait pas à *mon* public, répondit Mrs Oliver. Et puis, c'est si facile de se tromper avec ces noms... staphylocoques, streptocoques et tout ça... Ma secrétaire s'y perdrait, et quel ennui aussi, vous ne trouvez pas ? Qu'en pensez-vous, superintendant ?

— Dans la réalité, les gens ne s'embarrassent pas de toutes ces subtilités, Mrs Oliver. Ils s'en tiennent en général à l'arsenic, c'est commode, et si facile à se procurer !

— Ridicule ! dit Mrs Oliver. C'est parce qu'il existe toute une flopée de crimes que Scotland Yard n'a jamais découverts. Bien sûr, si vous aviez une *femme* là-bas...

— Justement, nous avons...

— Ah oui ! Ces horribles bonnes femmes avec des drôles de chapeaux qui persécutent les gens dans les jardins publics ! Moi, je vous parle d'une femme qui prendrait le commandement. Les femmes s'y connaissent en crimes.

— Elles font généralement d'heureuses criminelles, reconnut bien volontiers le superintendant. Elles gardent la tête froide. L'aplomb avec lequel elles mentent est proprement stupéfiant.

Mr Shaitana rit doucement.

— Le poison est l'arme de prédilection des femmes, dit-il. Il doit y avoir beaucoup d'empoisonneuses qui n'ont jamais été démasquées.

— Bien sûr, dit Mrs Oliver, ravie, en se servant de mousse de foie gras.

— Les médecins aussi sont bien placés, poursuivit Mr Shaitana, l'air songeur.

— Je proteste ! s'écria le Dr Roberts. Si nous empoisonnons nos patients, c'est seulement par accident !

Il rit de bon cœur.

— Si je devais commettre un crime... reprit Mr Shaitana.

Il s'arrêta et quelque chose, dans son silence, força l'attention.

Tous les regards convergèrent vers lui.

— ... Je pense que j'irais au plus simple... Il y a toujours des accidents... un accident de chasse, par exemple... ou un accident « domestique »...

Il haussa les épaules et attrapa son verre de vin.

— Mais qui suis-je pour m'avancer ainsi, devant tant d'experts ?...

Il but. La lumière de la bougie projeta une ombre rouge sur son visage à la moustache cirée, à la barbiche à l'impériale, aux étranges sourcils...

Il y eut un moment de silence.

Mrs Oliver demanda :

— Il est 20 ou moins 20 ? Un ange passe... Mes jambes ne sont pas croisées... ça doit être un ange noir !

3

UNE PARTIE DE BRIDGE

Une table de bridge avait été installée au salon. On servit le café.

— Qui joue au bridge ? demanda Mr Shaitana. Mrs Lorrimer, je sais. Et le Dr Roberts. Jouez-vous, miss Meredith ?

— Oui. Mais plutôt mal.

— Parfait. Et vous, major Despard ? Bien. Si vous vous installiez ici tous les quatre ?

— Heureusement qu'il va y avoir un bridge, glissa en aparté Mrs Lorrimer à Poirot. Je suis la bridgeuse la plus enragée que la terre ait jamais portée. Cela ne me lâche plus. C'est bien simple, je refuse maintenant tout dîner, s'il n'est pas suivi par un bridge. Sinon, je m'endors. J'en ai honte, mais c'est comme ça.

Ils tirèrent au sort les partenaires. Mrs Lorrimer fut accouplée à Anne Meredith contre le major Despard et le Dr Roberts.

— Les hommes contre les femmes, remarqua Mrs Lorrimer en s'asseyant et en se mettant à battre les cartes en experte. Les cartes bleues, qu'en pensez-vous, mademoiselle ? Je suis une partenaire combative.

— Tâchez de gagner, dit Mrs Oliver dont les sentiments féministes s'exaspéraient. Montrez aux hommes qu'ils doivent compter avec nous.

— Ils n'ont aucune chance, les pauvres, plaisanta le Dr Roberts en battant l'autre jeu. C'est à vous de distribuer, Mrs Lorrimer, je crois ?

Le major Despard mit du temps à s'asseoir. Il dévisageait Anne Meredith comme s'il venait seulement de découvrir qu'elle était remarquablement jolie.

— Coupez, je vous en prie, dit Mrs Lorrimer avec impatience.

Il sursauta, s'excusa et coupa le jeu qu'elle lui présentait.

Mrs Lorrimer distribua les cartes d'une main experte.

— Il y a une seconde table de bridge dans l'autre pièce, déclara Mr Shaitana.

Il précéda les quatre derniers convives dans un petit fumoir confortablement meublé où une table de jeu avait été dressée.

— Il faut tirer au sort, dit le colonel Race.

Mr Shaitana secoua la tête.

— Je ne joue pas. Le bridge ne fait pas partie des jeux qui m'amusent.

Les autres prétendirent que, dans ce cas, ils préféraient ne pas jouer mais il s'y opposa avec fermeté et ils finirent par s'asseoir, Poirot et Mrs Oliver contre Battle et Race.

Mr Shaitana les observa un instant, sourit à sa manière méphistophélique en découvrant avec quel jeu Mrs Oliver déclarait deux sans atout, puis retourna sans bruit dans la pièce voisine.

Là, pris par le jeu, les joueurs avaient le visage grave, et les annonces se succédaient rapidement : « Un cœur », « Passe », « Trois trèfles », « Trois piques », « Quatre carreaux », « Contre », « Quatre cœurs ».

Mr Shaitana les regarda un moment en souriant.

Puis il alla s'asseoir dans un grand fauteuil près de la cheminée. Sur une table voisine se trouvait un plateau chargé de boissons. Les flammes se reflétaient dans les bouchons de cristal.

Artiste en éclairage, Mr Shaitana avait réussi à donner l'impression d'une pièce illuminée seulement par le feu. Une petite lampe à abat-jour, à hauteur d'épaule, lui permettait de lire s'il le désirait. De discrets projecteurs diffusaient une lumière tamisée. Une source lumineuse un peu plus forte brillait au-dessus de la table de jeu d'où jaillissaient sans discontinuer des exclamations monotones.

Mrs Lorrimer, d'une voix claire et décidée :

— Un sans atout.

Le Dr Roberts, agressif :

— Trois cœurs.

Anne Meredith, paisible :

— Je passe.

Un court silence, toujours, avant qu'on n'entende la voix de Despard. Non qu'il eût l'esprit lent, mais il ne parlait jamais sans avoir pris le temps de la réflexion.

— Quatre cœurs.

— Je contre.

Le visage éclairé par les flammes dansantes, Mr Shaitana sourit.

Il souriait, continuait à sourire. Il cligna des paupières... La soirée l'amusait.

— Cinq carreaux. Manche et robre, annonça le colonel Race. Bravo, partenaire ! lança-t-il à Poirot. Je n'aurais pas cru que vous réussiriez. Heureusement qu'ils n'ont pas joué pique.

— Je crois que cela n'aurait pas changé grand-chose, dit le superintendant Battle, magnanime.

Il avait fait un appel à pique. Sa partenaire, Mrs Oliver, avait bien un pique, mais « quelque chose lui avait dit » de jouer trèfle — ce qui avait été désastreux.

Le colonel Race consulta sa montre.

— Minuit 10. On en fait une dernière ?

— Vous m'excuserez, intervint le superintendant Battle, mais je suis un couche-tôt.

— Moi aussi, déclara Poirot.

— Faisons les comptes, alors, dit Race.

Le résultat des cinq parties donna une victoire écrasante au sexe fort. Mrs Oliver devait trois livres et sept shillings aux trois autres. Le grand vainqueur était le colonel Race.

Si Mrs Oliver jouait mal au bridge, c'était une bonne perdante. Elle s'acquitta avec entrain de sa dette.

— Tout a été de travers pour moi ce soir, déclara-t-elle. Cela arrive parfois. Hier, j'ai eu des cartes extraordinaires. Cent cinquante d'honneurs trois fois de suite.

Elle se leva, ramassa son sac du soir brodé, et se retint juste à temps de renvoyer ses cheveux en arrière.

— J'imagine que notre hôte est dans la pièce à côté, dit-elle.

Suivie des autres joueurs, elle franchit la porte de communication.

Mr Shaitana était toujours dans son fauteuil près du feu. Les bridgeurs étaient absorbés par le jeu.

— Je contre les cinq trèfles, disait Mrs Lorrimer de son ton froid et incisif.

— Cinq sans atout.

— Contrés !

Mrs Oliver s'approcha de la table. La partie s'annonçait passionnante.

Le superintendant Battle la suivit.

Le colonel Race se dirigea vers Mr Shaitana, Poirot sur ses talons.

— Je dois partir, Shaitana, dit Race.

Shaitana ne répondit pas. La tête inclinée sur la poitrine, il semblait endormi. Race jeta un coup d'œil à Poirot et se rapprocha. Soudain, il poussa un cri étouffé et se pencha sur Shaitana. À l'instant même Poirot l'avait rejoint et regardait lui aussi ce qu'il désignait du doigt, quelque chose qui aurait pu être un bouton de chemise particulièrement ouvragé, mais n'en était pas un...

Poirot se pencha à son tour, souleva la main de Mr Shaitana et la laissa retomber. Croisant le regard interrogateur de Race, il hocha la tête. Celui-ci éleva la voix.

— Superintendant Battle, une minute s'il vous plaît !

Le superintendant arriva. Mrs Oliver continua à surveiller le déroulement des cinq sans atouts contrés.

Battle, en dépit de son flegme apparent, était rapide.

— Quelque chose ne va pas ? leur demanda-t-il à voix basse.

D'un signe de tête, le colonel Race lui indiqua la silhouette, immobile dans son fauteuil.

Comme Battle se penchait sur elle, Poirot considéra d'un air pensif ce qu'il apercevait du visage de Mr Shaitana. Il avait l'air plutôt stupide, maintenant, la mâchoire pendante et sans son expression démoniaque.

Hercule Poirot secoua la tête.

Le superintendant se redressa. Il avait examiné, sans le toucher, ce qui ressemblait à un bouton supplémentaire sur la chemise de Mr Shaitana... et qui n'était pas un bouton supplémentaire. Il avait soulevé la main flasque et l'avait laissée retomber.

Impassible, efficace, service-service, il se leva, prêt à prendre la situation en charge.

— Un instant, s'il vous plaît, dit-il.

Ce ton officiel était si surprenant que toutes les têtes se tournèrent vers lui et que la main de miss Meredith resta suspendue sur un as de pique du mort.

— J'ai le regret de vous informer que notre hôte, Mr Shaitana, est mort, déclara Battle.

Mrs Lorrimer et le Dr Roberts se levèrent. Despard ouvrit de grands yeux et fronça les sourcils. Anne Meredith poussa un petit cri.

Le Dr Roberts, l'instinct professionnel en éveil, traversa la pièce du pas bondissant du médecin arrivant au chevet d'un mourant.

L'imposante carrure du superintendant l'arrêta dans son élan.

— Une minute, Mr Roberts. Pouvez-vous me dire d'abord qui est entré et sorti de cette pièce, ce soir.

Roberts écarquilla les yeux.

— Entré et sorti ? Je ne comprends pas. Personne.

— Est-ce exact, Mrs Lorrimer ?

— Tout à fait.

— Personne ? Ni le majordome, ni aucun domestique ?

— Non. Le majordome a apporté ce plateau quand nous nous sommes assis pour jouer. Il n'est pas revenu depuis.

Battle interrogea du regard Despard qui confirma d'un signe de tête.

— Oui... oui, c'est exact, dit Anne, le souffle court.

— Pourquoi tout ça, mon vieux ? demanda Roberts,

agacé. Laissez-moi l'examiner. Il n'est peut-être qu'évanoui.

— Il n'est pas évanoui, je regrette... *mais personne ne touchera le corps avant l'arrivée du médecin légiste. Mesdames et messieurs, Mr Shaitana a été assassiné.*

Un gémissement horrifié et incrédule d'Anne :

— Assassiné ?

Un regard vide, tout ce qu'il y a de vide, de Despard.

Une vive exclamation de Mrs Lorrimer :

— Assassiné ?

Un « bon dieu de bois ! » du Dr Roberts.

Le superintendant Battle hocha lentement la tête. Le visage dénué d'expression, il ressemblait à un mandarin chinois en porcelaine.

— Poignardé, déclara-t-il. Voilà ce qui lui est arrivé. Poignardé.

Puis il posa une question :

— L'un de vous a-t-il quitté la table de bridge pendant la soirée ?

Il vit quatre visages défaits. Il lut l'hésitation, la peur, la compréhension, l'indignation, le désarroi, l'horreur... Il ne vit rien qui pût vraiment l'aider.

— Eh bien ?

Il y eut un silence, puis le major Despard déclara posément (il s'était levé et se tenait comme un soldat à la parade, son visage étroit et intelligent tourné vers Battle) :

— Je pense que chacun de nous, à un moment quelconque, a quitté la table, soit pour chercher à boire, soit pour mettre du bois dans la cheminée. J'ai fait l'un et l'autre. Quand je me suis approché du feu, Shaitana dormait dans son fauteuil.

— Dormait ?

— C'est ce que j'ai pensé..., oui.

— C'est possible, déclara Battle. À moins qu'il n'ait été déjà mort. Nous verrons ça... Je vous demanderai de bien vouloir aller dans la pièce à côté... Colonel Race, voulez-vous les accompagner ?

Race fit un petit signe d'agrément.

— D'accord, superintendant.

Les quatre bridgeurs passèrent lentement dans l'autre pièce.

Mrs Oliver s'assit tout au bout, dans un fauteuil, et se mit à pleurer en silence.

Battle parla un instant au téléphone. Puis il déclara :

— La police locale sera bientôt là. Le quartier général a donné des ordres pour que je prenne l'affaire en main. Le médecin légiste va arriver d'une minute à l'autre. D'après vous, à quand remonte la mort, monsieur Poirot ? Pour ma part, je dirais plus d'une heure...

— C'est aussi mon avis.

— Dommage qu'on ne puisse pas être plus précis, qu'on ne puisse pas dire : « Cet homme est mort depuis une heure, vingt-cinq minutes et quarante secondes. »

Battle hocha la tête, l'air absent.

— Il était assis près du feu, ce qui fait une légère différence. Plus d'une heure... pas plus de deux heures et demie. C'est ce que nos médecins vont dire. J'en suis sûr. Et personne n'aura rien vu, et personne n'aura rien entendu. Stupéfiant ! Quel risque insensé ! Il aurait pu crier.

— Mais il n'a pas crié. L'assassin a eu de la chance. Comme vous dites, mon ami, c'était une entreprise insensée.

— Une idée du mobile, monsieur Poirot ? Rien de ce genre ?

— Si, répondit lentement Poirot, j'ai quelque chose à dire à ce sujet. Mr Shaitana vous a-t-il laissé entendre à quelle sorte de soirée il vous avait invité ?

Le superintendant Battle le regarda avec curiosité.

— Non, monsieur Poirot. Il ne m'a rien dit du tout. Pourquoi ?

Un coup de sonnette retentit au loin, suivi d'un bruit de heurtoir.

— Voilà nos amis, déclara le superintendant Battle. Je vais leur ouvrir. Vous me raconterez votre histoire plus tard. Place à la routine.

Poirot approuva d'un signe de tête.

Battle quitta la pièce.

Mrs Oliver pleurait toujours.

Poirot s'approcha de la table de bridge. Sans rien

toucher, il étudia les marques. Il secoua plusieurs fois la tête.

— Quel pauvre petit bout d'homme stupide ! Mon Dieu, quel pauvre petit bout d'homme stupide ! murmura-t-il. Se donner des airs de démon pour effrayer son monde... Quel enfantillage !

La porte s'ouvrit. Le médecin légiste entra, sa trousse à la main. Il était suivi de l'inspecteur divisionnaire, qui s'entretenait avec Battle. Un photographe venait ensuite... Un policier en uniforme était resté dans le hall.

La routine de détection criminelle était en marche.

4

PREMIER ASSASSIN ?

Une heure plus tard, Hercule Poirot, Mrs Oliver, le colonel Race et le superintendant Battle étaient assis autour de la table de la salle à manger.

Le corps avait été examiné, photographié et emporté. Un expert en empreintes digitales était venu et reparti.

Le superintendant regarda Poirot.

— Avant que je ne fasse entrer nos quatre personnages, je voudrais entendre ce que vous avez à me raconter. D'après vous, la petite réunion de ce soir cachait quelque chose ?

Poirot lui répéta, posément, et en détail, la conversation qu'il avait eue avec Shaitana à Wessex House.

Battle serra les lèvres. C'est tout juste s'il ne siffla pas.

— Des pièces de collection, hein ? Des assassins vivants ? Tiens donc ! Et vous pensez qu'il parlait sérieusement ? Vous ne croyez pas qu'il se payait votre tête ?

Poirot dodelina du chef.

— Oh ! non, il était sérieux. Mr Shaitana était fier de son attitude méphistophélique envers la vie. C'était un homme très vaniteux. Et non moins stupide. Voilà pourquoi il est mort.

— Je vois, déclara Battle en réfléchissant. Une réunion de huit personnes, plus lui-même. Quatre « limiers », si l'on peut dire, et quatre criminels !

— C'est impossible ! s'écria Mrs Oliver. Absolument impossible ! Aucun ne peut être un criminel !

— À votre place, je n'en serais pas si sûr, Mrs Oliver,

objecta Battle, pensif. Les assassins ressemblent au commun des mortels et se comportent de la même façon. Ils sont le plus souvent gentils, tranquilles, bien élevés et corrects.

— Dans ce cas, c'est le Dr Roberts, dit fermement Mrs Oliver. J'ai tout de suite vu qu'il avait quelque chose de bizarre. Mon instinct ne me trompe jamais.

Battle se tourna vers le colonel Race.

— Qu'en pensez-vous, monsieur ?

Race haussa les épaules. Il comprenait que la question se référait aux déclarations de Poirot et non aux soupçons de Mrs Oliver.

— C'est possible, dit-il. Très possible. Cela prouve que Shaitana avait raison au moins sur un point ! Après tout, il pouvait *soupçonner* ces gens-là d'être des assassins, il ne pouvait pas en être *sûr*. Il *pouvait* avoir raison dans les quatre cas, il pouvait n'avoir raison que dans un seul cas — et il a eu raison dans *un* cas. Sa mort est là pour l'attester.

— L'un d'entre eux lui a réglé son compte, c'est bien ça, monsieur Poirot ?

Poirot hocha la tête.

— Feu Mr Shaitana était célèbre pour son redoutable sens de l'humour. Et il avait la réputation d'être impitoyable. Sa victime a pensé que Shaitana s'offrait une soirée divertissante, au terme de laquelle il la remettrait entre les mains de la police... entre les vôtres ! Il — ou elle — a cru que Shaitana détenait des preuves irréfutables.

— Et il en détenait ?

Poirot haussa les épaules.

— Ça, nous ne le saurons jamais.

— C'est le Dr Roberts ! répéta Mrs Oliver avec assurance. Un homme si chaleureux ! Les meurtriers le sont souvent. C'est une façade. À votre place, superintendant Battle, je l'arrêterais sur-le-champ.

— C'est ce que nous ferions si nous avions une femme à la tête de Scotland Yard, répondit Battle, avec une lueur passagère dans son regard impassible. Mais, comme vous voyez, les responsables n'étant que des hommes, nous devons nous montrer prudents. Avancer lentement.

— Ah, les hommes ! soupira Mrs Oliver qui se mit à composer un article dans sa tête.

— Je ferais bien de les appeler, maintenant, déclara le superintendant Battle. Il ne faut pas que je les fasse attendre trop longtemps.

— Si vous préférez qu'on vous laisse..., commença le colonel Race en faisant mine de se lever.

Le superintendant croisa le regard éloquent de Mrs Oliver et hésita un instant. Il connaissait la situation officielle du colonel. Quant à Poirot, il avait maintes fois collaboré avec la police. Mais permettre à Mrs Oliver de rester, c'était une autre histoire. Battle était un brave type. Il se rappela qu'elle avait perdu trois livres et sept shillings au bridge avec bonne humeur.

— Pour ma part, vous pouvez tous rester, dit-il. Mais, s'il vous plaît, qu'on ne m'interrompe pas (il regarda Mrs Oliver), et pas un mot de ce que M. Poirot vient de nous raconter. C'est le petit secret de Shaitana et, en fait, il est mort avec lui. Vous avez bien compris ?

— Parfaitement, dit Mrs Oliver.

Battle gagna la porte et appela le policier qui montait la garde dans le hall.

— Allez au fumoir. Vous y trouverez Anderson avec les quatre invités. Priez le Dr Roberts d'être assez aimable pour nous rejoindre.

— Je l'aurais gardé pour la fin..., objecta Mrs Oliver. Dans un roman, bien sûr, ajouta-t-elle, confuse.

— Dans la vie, c'est différent, remarqua Battle.

— Je sais, répondit Mrs Oliver. Elle est mal construite.

Le Dr Roberts entra, son pas élastique légèrement retenu.

— Quelle foutue histoire, Battle ! Mille excuses, Mrs Oliver, mais c'est pourtant vrai. En tant que médecin, j'ai peine à y croire. Poignarder un homme à quelques mètres de trois autres personnes. Brrr ! Je n'aurais pas aimé faire ça !... Que puis-je dire ou faire pour vous convaincre que je n'y suis pour rien ? ajouta-t-il avec un sourire plutôt pâlichon.

— Eh bien, il y a le mobile, Mr Roberts.

Le médecin secoua la tête avec emphase.

— C'est clair, je n'avais pas l'ombre d'un motif pour supprimer ce pauvre Shaitana. Je ne le connaissais même pas très bien. Il m'amusait... C'était un type si bizarre. Avec un côté oriental. Bien sûr, vous allez examiner de près mes relations avec lui. Je m'y attends, je ne suis pas stupide. Mais vous ne trouverez rien. Je n'avais aucune raison de tuer Shaitana et je ne l'ai pas tué.

Imperturbable, le superintendant Battle hocha la tête.

— Très bien, Mr Roberts. Vous êtes un homme raisonnable. Je dois mener mon enquête, comme vous le savez. Alors pouvez-vous me dire quelque chose à propos des trois autres ?

— Pas grand-chose, hélas ! J'ai rencontré Despard et miss Meredith pour la première fois ce soir. Je savais qui était Despard... j'avais lu son récit de voyage... Une drôlement bonne histoire !

— Saviez-vous que Mr Shaitana et lui se connaissaient ?

— Non. Shaitana ne m'en avait jamais parlé. Comme je vous l'ai dit, je connaissais son existence mais je ne l'avais jamais rencontré, miss Meredith non plus. Et je connaissais vaguement Mrs Lorrimer.

— Que savez-vous d'elle ?

Roberts haussa les épaules.

— Elle est veuve. Relativement riche, intelligente, bien élevée. Joueuse de bridge de première classe. En fait, c'est comme ça que je l'ai rencontrée, à un bridge.

— Mr Shaitana ne vous avait jamais parlé d'elle non plus ?

— Non.

— Hum !... Voilà qui ne nous aide pas beaucoup. À présent, Mr Roberts, seriez-vous assez aimable pour rassembler vos souvenirs et me dire combien de fois vous avez quitté votre place et tout ce que vous pouvez vous rappeler des mouvements des autres joueurs ?

Le Dr Roberts prit quelques minutes pour réfléchir.

— C'est difficile à dire, répondit-il franchement. Je

me souviens plus ou moins de mes propres allées et venues. Je me suis levé trois fois, c'est-à-dire qu'à trois occasions, quand j'ai fait le mort, j'ai quitté mon siège pour me rendre utile. Une fois je suis allé mettre du bois dans le feu. Une fois j'ai apporté à boire aux deux femmes. Et une autre fois je me suis servi un whisky.

— Vous rappelez-vous à quels moments ?

— Très vaguement. Nous avons commencé la partie vers 9 heures et demie, je crois. Je dirais que je me suis occupé du feu environ une heure plus tard. Très peu de temps après — deux tours plus tard, je pense — je suis allé chercher à boire. Et il était peut-être 11 heures et demie quand je me suis versé mon whisky. Mais c'est très approximatif. Je n'en jurerais pas.

— Les alcools étaient sur la table qui se trouvait de l'autre côté de Mr Shaitana, n'est-ce pas ?

— Oui. Autrement dit, je suis passé tout près de lui trois fois.

— Et à chaque fois, autant que vous ayez pu en juger, il dormait ?

— C'est ce que j'ai pensé la première fois. La deuxième fois, je ne l'ai même pas regardé. La troisième, je me suis dit : « Qu'est-ce qu'il dort, le bonhomme ! » Mais je ne suis pas allé y voir de plus près.

— Très bien. À présent, quand vos partenaires ont-ils quitté leur place ?

Le Dr Roberts fronça les sourcils.

— Difficile... très difficile à dire. Despard est allé chercher un cendrier, je crois. Ensuite un verre. Avant moi, parce que je me souviens qu'il m'a demandé si j'en voulais un et que je lui ai répondu : « Pas pour l'instant. »

— Et les femmes ?

— Mrs Lorrimer a été une fois jusqu'au feu. Elle l'a tisonné, il me semble. Je crois qu'elle a parlé à Shaitana, mais je n'en suis pas certain. Je jouais un sans atout plutôt retors, à ce moment-là.

— Et miss Meredith ?

— Elle s'est levée au moins une fois. Nous étions partenaires et elle est venue regarder mon jeu. Ensuite, elle a regardé ce que les autres avaient en main et elle a circulé dans la pièce. Je ne sais pas ce qu'elle a fait exactement. Je n'y ai pas prêté attention.

Le superintendant Battle demanda, songeur :

— Tels que vous étiez assis, l'un de vous était-il juste en face de la cheminée ?

— Non, nous étions plutôt sur le côté, et il y avait une grande vitrine entre la cheminée et nous — avec de très belles pièces chinoises. Évidemment, je constate qu'il n'était pas difficile de poignarder ce pauvre diable. Après tout, quand on joue au bridge, on joue au bridge. On ne regarde pas ce qui se passe autour de soi. La seule personne disposée à le faire, c'est le mort. Auquel cas...

— Auquel cas, bien entendu, c'est le mort l'assassin, approuva le superintendant.

— Tout de même, dit Roberts, cela demande des nerfs solides, vous savez. Après tout, comment être sûr que quelqu'un ne va pas lever la tête au moment critique ?

— Oui, reconnut Battle, le risque était énorme. Il fallait que le motif soit impérieux. J'aimerais bien le connaître ! ajouta-t-il, mentant avec aplomb.

— Vous finirez par le découvrir, dit Roberts. Vous allez passer ses papiers et tout ça au peigne fin. Vous y trouverez sans doute une piste.

— Espérons, dit le superintendant d'un air sombre.

Il lança au Dr Roberts un regard pénétrant.

— Auriez-vous l'obligeance, Mr Roberts, de me donner votre opinion, d'homme à homme.

— Bien sûr.

— À votre avis, lequel des trois ?

— Rien de plus facile. Spontanément, je dirais Despard. Il possède le cran nécessaire, et il a le réflexe rapide qu'une vie dangereuse vous oblige à acquérir. Le risque ne lui fait pas peur. Je ne vois pas très bien des femmes là-dedans. J'imagine que cela exige une certaine force.

— Moins que vous le pensez. Regardez.

Avec des airs de prestidigitateur, Battle présenta tout à coup un instrument fin et long, en métal brillant coiffé par un joyau.

Le Dr Roberts s'en empara et l'examina avec une

admiration professionnelle. Il éprouva la pointe et siffla.

— Quel outil ! Mon Dieu, quel outil ! Un petit joujou conçu pour le crime. Il a dû entrer comme dans du beurre... absolument comme dans du beurre. Il l'a apporté avec lui, je suppose.

Battle secoua la tête.

— Non. Il appartenait à Mr Shaitana. Il se trouvait sur la table, près de l'entrée, avec toutes sortes d'autres bibelots.

— Alors le meurtrier n'a eu qu'à se servir. Une chance, de tomber sur un instrument pareil !

— Évidemment, c'est une façon de voir, dit lentement Battle.

— Bien sûr, pas une chance pour Mr Shaitana, le pauvre !

— Ce n'est pas ce que je voulais dire, Mr Roberts. Je pensais qu'on pouvait voir les choses sous un autre angle. Il m'est venu à l'esprit que c'était peut-être en apercevant cette arme que l'idée du crime avait germé dans la tête de l'assassin.

— Vous pensez à une inspiration soudaine ? Le crime n'aurait pas été prémédité ? L'assassin en aurait conçu le projet après être arrivé ici ? D'où vous est venue cette idée ?

Il regardait Battle avec curiosité.

— C'est juste une hypothèse, répondit Battle avec flegme.

— C'est une possibilité, bien sûr, reconnut lentement Roberts.

Le superintendant Battle s'éclaircit la gorge.

— Bien, je ne vous retiendrai pas plus longtemps, docteur. Merci pour votre aide. Soyez assez aimable pour nous laisser votre adresse.

— Certainement. 200 Gloucester Terrace, W.2. Et mon téléphone : Bayswater 23896.

— Je vous remercie. Il se peut que je passe chez vous bientôt.

— Je serai toujours heureux de vous voir. J'espère que les journaux n'en parleront pas trop. Je ne voudrais pas inquiéter mes malades aux nerfs fragiles.

Le superintendant chercha Poirot des yeux.

— Monsieur Poirot, si vous avez des questions à poser, je suis sûr que le docteur y répondra avec plaisir.

— Mais bien sûr, bien sûr ! Je suis un de vos grands admirateurs, monsieur Poirot. Petites cellules grises... ordre et méthode... Je connais tout de vous. Je suis convaincu que vous allez me poser une question très bizarre.

Poirot écarta les mains de façon typiquement non anglaise.

— Non, non. Je voudrais seulement que tout soit bien clair dans mon esprit. Par exemple, combien avez-vous joué de parties ?

— Trois, répondit tout de suite Roberts. Et nous étions à une manche partout dans la quatrième lorsque vous êtes arrivés.

— Et qui a joué avec qui ?

— Première partie : Despard et moi contre les femmes. Elles nous ont battus, Dieu les bénisse. Haut la main. Nous n'avons pas touché une carte.

» Seconde partie : miss Meredith et moi contre Despard et Mrs Lorrimer. Troisième partie : Mrs Lorrimer et moi contre miss Meredith et Despard. Nous tirions chaque fois mais cela a fonctionné comme un pivot. Quatrième partie : miss Meredith et moi, de nouveau.

— Qui a gagné et qui a perdu ?

— Mrs Lorrimer a gagné toutes les parties, miss Meredith a gagné la première et perdu les deux autres. En fin de compte, j'ai gagné un peu et Despard et miss Meredith ont dû perdre.

— Ce bon superintendant vous a demandé qui, de vos partenaires, était votre candidat favori au crime, dit Poirot en souriant. Moi, je vous demanderai ce que vous pensez d'eux en tant que bridgeurs.

— Mrs Lorrimer est une joueuse de première classe, répondit le Dr Roberts sans hésiter. Je suis prêt à parier que le bridge lui rapporte un bon petit revenu annuel. Despard est un bon joueur, lui aussi... ce que j'appelle un joueur solide — qui voit loin. De miss Meredith on pourrait dire qu'elle est prudente. Elle ne commet pas d'impair, mais elle n'est pas brillante.

— Et vous-même, docteur ?

L'œil du Dr Roberts pétilla.

— J'ai tendance à surestimer mon jeu, c'est ce qu'on me dit. Mais cela m'a toujours réussi.

Poirot sourit.

Le Dr Roberts se leva.

— Autre chose ?

Poirot secoua la tête.

— Eh bien, bonsoir. Bonne nuit, Mrs Oliver. Vous allez sûrement en tirer de la copie. C'est meilleur que vos histoires de poisons indécelables, non ?

Pour quitter la pièce, le Dr Roberts avait retrouvé son pas élastique. La porte refermée sur lui, Mrs Oliver déclara avec amertume :

— De la copie ! De la copie, je vous demande un peu ! Les gens sont d'une bêtise ! Je peux à tout instant inventer un meurtre plus sensationnel qu'un vrai. Je ne suis jamais en mal d'intrigues. Et mes lecteurs adorent les poisons indécelables !

5

DEUXIÈME ASSASSIN ?

Mrs Lorrimer entra dans la salle à manger en grande dame. Elle était un peu pâle, mais calme.

— Je suis désolé de vous ennuyer, commença le superintendant Battle.

— Vous devez faire votre devoir, c'est évident, répondit-elle posément. La situation n'est pas très agréable, mais il ne sert à rien de se voiler la face. Je comprends très bien qu'un de nous quatre doit être le coupable. Si je vous dis que ce n'est pas moi, je ne m'attends pas à ce que vous preniez ça pour argent comptant.

Elle accepta le fauteuil que lui offrait le colonel Race et s'assit en face du superintendant Battle. Son regard gris et intelligent croisa le sien. Attentive, elle attendit.

— Vous connaissiez bien Mr Shaitana ? poursuivit Battle.

— Pas très bien. J'étais en relation avec lui depuis quelques années, mais nous n'avons jamais été très intimes.

— Où l'avez-vous rencontré ?

— Dans un hôtel, en Égypte... le *Winter Palace*, à Louxor, je crois.

— Que pensiez-vous de lui ?

Mrs Lorrimer haussa les épaules.

— Eh bien — autant le dire — je le tenais plutôt pour un charlatan.

— Pardonnez-moi de vous poser cette question,

mais vous n'aviez aucune raison de souhaiter sa disparition ?

Mrs Lorrimer parut amusée.

— Vraiment, superintendant Battle, vous pensez que je l'avouerais si c'était le cas ?

— Pourquoi pas ? Quelqu'un de vraiment intelligent pourrait comprendre que ça se saurait tôt ou tard.

Mrs Lorrimer inclina la tête, songeuse.

— Oui, bien sûr... Non, superintendant Battle, je n'avais aucune raison de souhaiter sa disparition. En fait, qu'il soit mort ou vivant m'est indifférent. Je le considérais comme un poseur, aux goûts théâtraux, et il m'agaçait parfois. Telle est — ou était — mon attitude envers lui.

— Très bien. À présent, Mrs Lorrimer, pouvez-vous me dire quelque chose de vos trois partenaires ?

— Je crains que non. J'ai rencontré le major Despard et miss Meredith ce soir pour la première fois. Je les ai trouvés charmants tous les deux. Je connaissais vaguement le Dr Roberts. Je crois que c'est un médecin très connu.

— Ce n'est pas le vôtre ?

— Oh, non !

— Maintenant, Mrs Lorrimer, pouvez-vous me dire combien de fois vous avez quitté votre place, ce soir, et pouvez-vous me décrire aussi les mouvements des autres joueurs ?

Mrs Lorrimer ne prit même pas le temps de la réflexion.

— Je m'attendais à cette question et j'ai essayé d'y répondre. Je me suis levée une fois, lorsque j'ai fait le mort. Je suis allée à la cheminée. Mr Shaitana était encore en vie. Je lui ai fait remarquer combien ce feu de bois était plaisant.

— Et il a répondu ?

— Qu'il détestait les radiateurs.

— Quelqu'un d'autre a-t-il entendu votre conversation ?

— Je ne pense pas. J'avais baissé la voix pour ne pas déranger les joueurs. En réalité, vous n'avez que ma parole pour vous assurer que Mr Shaitana était en vie à ce moment-là et m'a parlé, ajouta-t-elle, ironique.

Le superintendant Battle ne protesta pas. Il poursuivit son interrogatoire calme et méthodique.

— Quelle heure était-il ?

— Nous devions jouer depuis un peu plus d'une heure.

— Et les autres ?

— Le Dr Roberts est allé me chercher un verre. Il en a pris un pour lui aussi, mais plus tard. Le major Despard est allé également chercher à boire... vers 11 heures un quart, je dirais.

— Une seule fois ?

— Non, deux fois, il me semble. Les hommes ont beaucoup bougé, mais je n'ai pas prêté attention à ce qu'ils faisaient. Miss Meredith ne s'est levée qu'une fois, je crois. Elle est allée regarder le jeu de son partenaire.

— Alors elle est restée près de la table de bridge ?

— Je n'en sais rien. Elle a pu s'éloigner.

Battle hocha la tête.

— Tout cela est bien vague, grommela-t-il.

— Désolée.

Battle refit son numéro d'illusionniste et sortit son fin et délicat stylet.

— Voulez-vous regarder ça, Mrs Lorrimer ?

Elle le saisit sans sourciller.

— L'aviez-vous déjà vu ?

— Non, jamais.

— Et pourtant, il était posé sur la table du salon.

— Je ne l'avais pas remarqué.

— Vous vous rendez compte, Mrs Lorrimer, qu'avec une arme pareille, une femme pouvait tuer aussi facilement qu'un homme.

— Sans doute, répondit tranquillement Mrs Lorrimer.

Elle lui rendit l'élégant objet.

— De toute façon, reprit Battle, il fallait qu'elle soit au désespoir. Le risque était immense.

Il attendit un instant, mais Mrs Lorrimer ne souffla mot.

— Que savez-vous des relations de Mr Shaitana avec les trois autres ?

Elle secoua la tête.

— Rien du tout.

— Me direz-vous qui, à votre avis, est le coupable le plus vraisemblable ?

Mrs Lorrimer se dressa :

— Je ne vous dirai certainement rien de ce genre. Je trouve votre question tout à fait déplacée.

Le superintendant prit l'air honteux d'un enfant grondé par sa grand-mère.

— Votre adresse, s'il vous plaît, marmonna-t-il en sortant son calepin.

— 111 Cheyne Lane, à Chelsea.

— Numéro de téléphone ?

— Chelsea 45632.

Mrs Lorrimer se leva.

— Avez-vous des questions, monsieur Poirot ? se hâta de demander Battle.

Mrs Lorrimer attendit, la tête légèrement inclinée.

— Trouveriez-vous aussi ma question déplacée, madame, si je vous demandais ce que vous pensez de vos partenaires, non pas en tant qu'assassins éventuels, mais en tant que joueurs de bridge ?

— Je n'y vois aucune objection, répondit froidement Mrs Lorrimer. Si toutefois cela a quelque chose à voir avec cette affaire... ce que j'ai du mal à imaginer.

— Laissez-moi en juger, madame. Contentez-vous de répondre, s'il vous plaît.

Du ton d'un adulte se pliant aux caprices d'un enfant stupide, Mrs Lorrimer répliqua :

— Le major Despard est un bon et solide bridgeur. Le Dr Roberts fait des annonces trop fortes mais joue brillamment. Miss Meredith est une bonne petite joueuse, mais trop prudente. Autre chose ?

Jouant à son tour les illusionnistes, Poirot sortit quatre marques de bridge froissées.

— L'une de ces marques, madame, a-t-elle été faite par vous ?

Mrs Lorrimer les examina.

— Celle-ci est de mon écriture. C'est la marque de la troisième partie.

— Et celle-là ?

— Ça doit être celle du major Despard. Il barre les scores au fur et à mesure.

— Et celle-ci ?

— Celle de miss Meredith. C'est la première partie.

— Celle qui n'est pas terminée est donc celle du Dr Roberts ?

— Oui.

— Merci, madame. Ce sera tout.

— Bonne nuit, Mrs Oliver. Bonne nuit, colonel Race.

Et après leur avoir serré la main à tous, Mrs Lorrimer prit congé.

6

TROISIÈME ASSASSIN ?

— Nous n'avons rien pu tirer d'elle, commenta Battle. Et elle m'a remis joliment à ma place. Elle est de la vieille école, pleine de considération pour les autres mais arrogante en diable ! Je ne pense pas qu'elle soit coupable, mais sait-on jamais ? C'est une personne très décidée. Pourquoi vous intéressez-vous aux marques de bridge, monsieur Poirot ?

Poirot les étala sur la table.

— Elles sont parlantes, vous ne trouvez pas ? Que cherchons-nous dans cette affaire ? La clef d'une personnalité. Pas d'une seule, de quatre personnalités. Et c'est là que nous avons des chances de la trouver, dans ces gribouillis de chiffres. Voici la première partie, une histoire bien ordonnée, vite terminée. Des petits chiffres bien nets, avec des additions et des soustractions proprement alignées... c'est la marque de miss Meredith. Elle jouait avec Mrs Lorrimer. Elles avaient du jeu et elles ont gagné.

» La seconde partie est plus difficile à suivre à cause des ratures. Mais cela nous apprend peut-être quelque chose sur Despard — un homme qui veut savoir, du premier coup d'œil, où il en est. Les chiffres sont petits et pleins de caractère.

» La marque suivante est celle de Mrs Lorrimer (le Dr Roberts et elle contre les deux autres)... un combat homérique. Les chiffres s'accumulent de chaque côté. Le docteur force ses annonces et ils chutent, mais comme ce sont tous deux d'excellents joueurs, ils ne

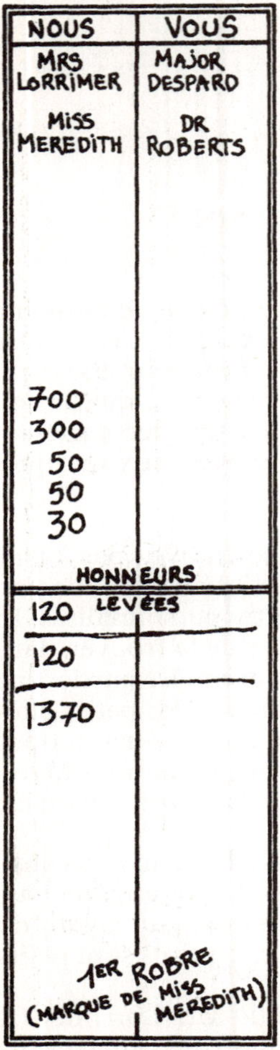
NOUS
VOUS
MRS LORRIMER
MAJOR DESPARD
MISS MEREDITH
DR ROBERTS
700
300
50
50
30
HONNEURS
120
LEVÉES
120
1370
1ER ROBRE
(MARQUE DE MISS MEREDITH)

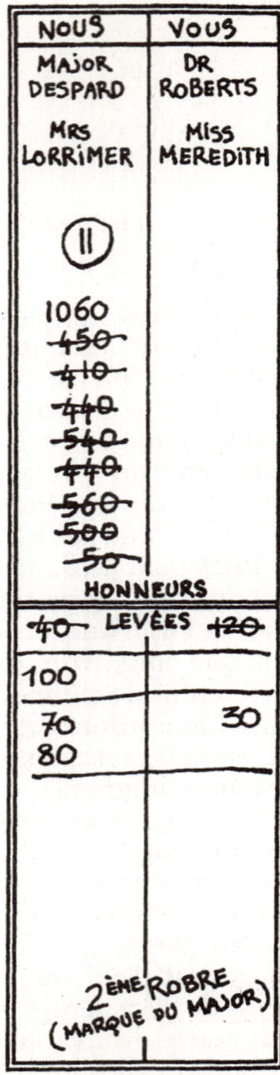
NOUS
VOUS
MAJOR DESPARD
DR ROBERTS
MRS LORRIMER
MISS MEREDITH
11
1060
450
410
440
540
440
560
500
50
HONNEURS
40
LEVÉES
120
100
70
30
80
2ÈME ROBRE
(MARQUE DU MAJOR)

NOUS	VOUS
DR ROBERTS MRS LORRIMER	MAJOR DESPARD MISS MEREDITH
500	200
1 500	100
100	200
100	100
300	100
500	50
250	50
200	50
30	
HONNEURS	
LEVÉES	
	30
	120
100	
280	
3810	1000

3ème ROBRE (MARQUE DE MRS LORRIMER)

NOUS	VOUS
DR ROBERTS MISS MEREDITH	MAJOR DESPARD MRS LORRIMER
50	
100	
100	
50	100
200	50
50	100
50	50
HONNEURS	
LEVÉES	
30	70

4ème ROBRE (INACHEVÉ) (MARQUE DU DR ROBERTS)

chutent jamais de beaucoup. Si les annonces forcées du docteur amènent l'adversaire à surenchérir avec imprudence, il leur reste alors la ressource de contrer. Regardez, ces chiffres indiquent qu'ils ont chuté de plusieurs levées contrées. L'écriture est caractéristique, gracieuse, et très lisible.

» Voici la dernière marque, celle de la partie interrompue. J'ai une marque de la main de chacun, comme vous voyez. Plutôt flamboyant, le tracé de ces chiffres. Les scores ne sont pas aussi élevés que dans la partie précédente, probablement parce que le docteur avait miss Meredith, une joueuse prudente, pour partenaire. Les annonces du Dr Roberts devaient l'inciter à plus de prudence encore.

» Vous pensez peut-être que mes questions ne mènent à rien ? Vous faites erreur. Je cherche à connaître le caractère de ces quatre joueurs et quand les questions ne concernent que le bridge, ils sont disposés à parler.

— Je n'ai jamais pensé que vos questions ne menaient à rien, monsieur Poirot, protesta Battle. Je vous ai déjà vu à l'œuvre. À chacun ses méthodes. Je le sais bien. Je laisse toujours une grande liberté à mes inspecteurs. Chacun doit trouver lui-même la méthode qui lui convient le mieux. Mais ce n'est pas le moment d'en parler. Faisons entrer la fille.

Anne Meredith semblait bouleversée. Elle s'arrêta à la porte, le souffle court.

Le superintendant Battle se montra aussitôt paternel. Il se leva et disposa un fauteuil pour elle, légèrement de biais.

— Asseyez-vous, miss Meredith, asseyez-vous. Ne vous inquiétez pas. Tout cela a l'air assez terrifiant, mais ce n'est pas si grave, en réalité.

— Oh, rien ne peut être pire, dit-elle à voix basse. C'est affreux... affreux, de penser que l'un de nous... l'un de nous...

— Laissez-moi la charge de penser, dit Battle gentiment. Et maintenant, miss Meredith, commencez par me donner votre adresse.

— Wendon Cottage, Wallingford.

— Vous n'avez pas d'adresse à Londres ?

— Non, je suis descendue à mon club pour un jour ou deux.

— Et votre club, c'est... ?

— Le *Ladies' Naval and Military.*

— Bon. À présent, connaissiez-vous bien Mr Shaitana ?

— Pas bien du tout. J'ai toujours trouvé que c'était un homme terrifiant.

— Pourquoi ?

— Mais parce qu'il *était* terrifiant ! Cet affreux sourire ! Et cette manière qu'il avait de se pencher sur vous... comme s'il allait vous mordre !

— Le connaissiez-vous depuis longtemps ?

— Environ neuf mois. Je l'avais rencontré en Suisse, aux sports d'hiver.

— Je n'aurais jamais pensé qu'il pratiquait les sports d'hiver, déclara Battle, surpris.

— Il faisait seulement du patin. C'était un excellent patineur. Il exécutait toutes sortes de figures acrobatiques.

— Oui, ça lui ressemble davantage. L'avez-vous revu souvent ensuite ?

— Eh bien... assez souvent. Il m'invitait à des soirées. C'était très amusant.

— Mais lui-même, il ne vous plaisait pas ?

— Non. Il me donnait la chair de poule.

— Vous n'aviez aucune raison particulière d'avoir peur de lui ? demanda Battle.

— Une raison particulière ? répéta Anne Meredith en levant vers lui ses grands yeux limpides. Oh, non !

— Très bien. Venons-en à ce soir. Avez-vous quitté votre place à un moment quelconque ?

— Je ne crois pas... Ah, si ! J'ai dû le faire une fois. Je suis allée regarder les autres jeux.

— Mais vous êtes restée près de la table ?

— Oui.

— Vous en êtes sûre, miss Meredith ?

La jeune fille rougit brusquement.

— Non, non. Il me semble que je me suis un peu promenée.

— Bien. Excusez-moi, miss Meredith, mais essayez de dire la vérité. Je vois que vous êtes nerveuse, et, quand on est nerveux, on a tendance à... eh bien, à dire les choses comme on voudrait qu'elles soient. Mais en fin de compte, on n'y gagne rien. Vous vous êtes promenée. Êtes-vous allée du côté de Mr Shaitana ?

La jeune fille resta silencieuse une minute, puis répondit :

— Franchement... *franchement*..., je ne m'en souviens pas.

— Bon, nous dirons que c'est possible. Que savez-vous des trois autres ?

La jeune fille secoua la tête.

— Je ne les avais jamais vus.

— Que pensez-vous d'eux ? L'un d'eux vous paraît-il un assassin vraisemblable ?

— Je ne le crois pas. Je ne peux pas le croire. Cela ne peut pas être le major Despard. Je ne pense pas que cela puisse être le Dr Roberts... après tout, un médecin a des façons plus simples de tuer. Il a des drogues, des choses comme ça...

— Dans ce cas, vous choisiriez plutôt Mrs Lorrimer ?

— Oh, *non* ! Je suis sûre que non. Elle est si charmante, et c'est si agréable de jouer au bridge avec elle ! Elle est très forte et pourtant, elle ne vous rend pas nerveuse, elle ne souligne jamais vos erreurs.

— Pourtant, vous l'avez citée en dernier, remarqua Battle.

— Oui, mais parce que le poignard est plutôt une arme de femme.

Battle refit son numéro d'illusionniste. Anne Meredith recula d'effroi.

— Oh, c'est horrible ! Est-ce que je dois... le prendre ?

— J'aimerais bien.

Il l'observa tandis qu'elle s'emparait du stylet avec précaution, le visage crispé de dégoût.

— Avec cette petite chose... avec cette...

— Qui s'enfonce comme dans du beurre, dit vivement Battle. Un enfant aurait pu y arriver.

— Vous voulez dire..., fit-elle, ses grands yeux terrifiés fixés sur lui, vous voulez dire que j'aurais pu le faire ? Mais je ne l'ai pas fait ! Je ne l'ai pas fait ! Pourquoi l'aurais-je fait ?

— C'est justement ce que nous aimerions savoir. Quel est le motif ? Pourquoi quelqu'un a-t-il voulu tuer Shaitana ? C'était un personnage pittoresque, certes, mais il n'était pas dangereux, autant que je sache.

Avait-elle retenu sa respiration ?... Sa poitrine s'était-elle légèrement soulevée ?

— Ce n'était pas un maître chanteur, par exemple, ou un individu dans ce genre-là, poursuivit Battle. Et de toute façon, miss Meredith, vous n'avez pas l'air de quelqu'un qui cache de coupables secrets.

Elle sourit pour la première fois, rassurée par sa cordialité.

— Non, je n'en ai pas. Je n'ai même pas de secrets du tout.

— Alors, ne vous inquiétez pas, miss Meredith. Nous aurons sans doute d'autres questions à vous poser plus tard, mais par pure routine.

Il se leva.

— Vous pouvez partir, à présent. Mon planton va vous appeler un taxi. Et n'allez pas passer une nuit blanche à vous tourmenter. Prenez deux comprimés d'aspirine.

Il l'accompagna à la porte. À son retour, le colonel Race, amusé, lui dit à voix basse :

— Battle, quel merveilleux comédien vous faites ! Votre air paternel n'a jamais eu son pareil !

— Inutile de nous éterniser avec elle, colonel Race. Ou la pauvre gosse est terrorisée à mort, et dans ce cas ce serait pure cruauté — or je ne suis pas cruel, je ne l'ai jamais été — ou c'est une actrice accomplie et nous n'en aurions rien tiré de plus, quand bien même nous l'aurions gardée ici toute la nuit.

Mrs Oliver soupira et passa la main dans sa frange jusqu'à en faire une coiffure en brosse, ce qui lui donna l'air d'une ivrogne.

— Vous savez, dit-elle, je tendrais maintenant à croire que c'est elle ! Encore heureux qu'on ne soit pas dans un roman. Les lecteurs n'aiment pas beaucoup que le coupable soit une jeune et ravissante jeune fille. Et pourtant je pense bien que c'est elle. Et vous, monsieur Poirot ?

— Moi, je viens juste de faire une découverte.

— Toujours dans vos marques de bridge ?

— Oui. Miss Anne Meredith a retourné sa feuille, tracé des lignes et écrit de l'autre côté.

— Et qu'est-ce que cela signifie ?

— Cela signifie qu'elle a l'habitude de la pauvreté, ou alors qu'elle est spontanément économe.

— Elle porte pourtant des vêtements coûteux, remarqua Mrs Oliver.

— Faites entrer le major Despard, dit le superintendant Battle.

7

QUATRIÈME ASSASSIN ?

Despard entra dans la pièce d'un pas sautillant, qui rappela quelque chose ou quelqu'un à Poirot.

— Je suis désolé de vous avoir fait attendre si longtemps, major Despard, dit Battle, mais je voulais libérer ces dames le plus vite possible.

— Ne vous excusez pas. Je comprends.

Il s'assit et regarda le superintendant d'un air interrogateur.

— Oui ou non, connaissiez-vous bien Mr Shaitana ? commença Battle.

— Je l'avais rencontré deux fois, déclara le major d'un ton cassant.

— Deux fois, seulement ?

— Oui, c'est tout.

— À quelles occasions ?

— Nous avons dîné chez des amis communs il y a environ un mois. La semaine suivante, il m'a invité à un cocktail.

— Ce cocktail a eu lieu ici ?

— Oui.

— Où ça ? Dans cette pièce, ou dans le salon ?

— Dans tout l'appartement.

— Vous aviez remarqué cette babiole ?

Une fois de plus, Battle exhiba le stylet.

Le major Despard émit un léger sifflement.

— Non, répondit-il. Je ne l'avais pas repéré à cette occasion pour un usage futur.

— Inutile d'aller au-delà de ce que je dis, major Despard.

— Je vous demande pardon. La déduction était assez évidente.

Après un silence, Battle reprit son interrogatoire.

— Aviez-vous des raisons de détester Mr Shaitana ?

— Toutes les raisons du monde.

— Hein ? s'écria le superintendant Battle, désarçonné.

— De le détester, pas de le tuer ! Je n'avais pas la moindre envie de le tuer, mais je lui aurais volontiers botté le derrière. Dommage. Il est trop tard, maintenant.

— Et pourquoi auriez-vous aimé lui botter le derrière, major Despard ?

— Parce que c'est le genre de métèque qui en a drôlement besoin. À sa vue, le bout de ma chaussure me démangeait.

— Savez-vous quelque chose sur lui ? Quelque chose de déshonorant, j'entends.

— Il était trop bien habillé, il avait les cheveux trop longs et il empestait le parfum.

— Et pourtant vous avez accepté son invitation à dîner ?

— Si je devais dîner seulement chez les gens à qui je n'ai rien à reprocher, je ne dînerais pas souvent dehors, superintendant, ironisa Despard.

— Vous aimez la société mais vous la condamnez ? suggéra Battle.

— Je l'aime pendant un bout de temps. Les salons, les lumières, les femmes élégantes, la danse, la bonne chère, les rires... Cela me plaît lorsque je débarque de la brousse. Et puis la fausseté de tout ça commence à m'écœurer et à me donner envie de repartir.

— Vous devez mener une vie pleine de dangers, major Despard, à circuler dans ces pays sauvages...

Despard haussa les épaules avec un petit sourire.

— Mr Shaitana ne menait pas une vie dangereuse et il est mort, alors que je suis vivant !

— Sa vie était peut-être plus dangereuse que vous ne le pensez, répliqua Battle d'un air entendu.

— Que voulez-vous dire ?
— Feu Mr Shaitana était un fouinard, déclara Battle.
Le major se pencha vers lui :
— Vous entendez par là qu'il fourrait son nez dans la vie d'autrui ? qu'il avait découvert... quoi ?
— En vérité, je voulais dire qu'il était peut-être le genre d'homme à fourrer son nez... euh... eh bien, du côté des femmes.
Le major Despard s'adossa de nouveau dans son fauteuil et, amusé, partit d'un grand éclat de rire.
— Je ne pense pas que les femmes pouvaient prendre un pareil charlatan au sérieux !
— Qui l'a tué, à votre avis, major Despard ?
— Ma foi, je sais que ce n'est pas moi. La petite miss Meredith non plus. Je n'arrive pas à imaginer Mrs Lorrimer faisant ça... elle me rappelle la plus dévote de mes tantes. Cela nous laisse ce pékin de toubib.
— Pouvez-vous me décrire vos mouvements et ceux des autres au cours de la soirée ?
— Je me suis levé deux fois, une fois pour aller chercher un cendrier et attiser le feu, une autre fois pour me verser à boire.
— À quels moments précis ?
— Je ne sais pas au juste. La première fois, il devait être environ 10 heures et demie, la seconde 11 heures, mais c'est pure supposition. Mrs Lorrimer est allée une fois jusqu'à la cheminée et a parlé à Shaitana. Je ne l'ai pas entendu répondre mais je n'y ai pas fait attention et je ne pourrais pas jurer qu'il ne l'a pas fait. Miss Meredith a marché un moment de long en large, mais je ne pense pas qu'elle se soit approchée de la cheminée. Roberts a passé son temps à se lever et à s'asseoir — il l'a fait au moins trois ou quatre fois.
— Je vais vous poser la question de M. Poirot, dit Battle avec un sourire. Quelle est votre opinion sur vos partenaires... en tant que bridgeurs ?
— Miss Meredith joue assez bien. Roberts surestime son jeu de façon ridicule. Il mériterait de chuter plus qu'il ne le fait. Mrs Lorrimer est diablement forte.
Battle se tourna vers Poirot.
— Vous avez d'autres questions ?

Poirot fit un signe de dénégation.

Despard leur donna comme adresse l'*Albany*, leur souhaita bonne nuit et s'en fut.

Comme il refermait la porte derrière lui, Poirot fit un geste.

— Qu'y a-t-il ? demanda Battle.

— Rien. Je viens de me rendre compte qu'il a la démarche d'un tigre... oui, c'est comme ça que le tigre se déplace, avec aisance et souplesse.

— Hum !... Eh bien, dit Battle en regardant ses trois compagnons tour à tour, *lequel d'entre eux a fait le coup ?*

8

LEQUEL ?

Battle les dévisagea à tour de rôle. Seule Mrs Oliver répondit à la question. Jamais avare de ses opinions, elle s'empressa de parler.

— La fille ou le docteur, déclara-t-elle.

Battle interrogea les autres du regard. Mais les deux hommes n'étaient pas disposés à se prononcer. Race secoua la tête. Poirot passait soigneusement la main sur les marques chiffonnées.

— L'un d'eux est pourtant coupable, reprit Battle, songeur. L'un d'eux ment de façon éhontée. Mais lequel ? Ce n'est pas facile... pas facile du tout.

Après un silence, il reprit :

— Si l'on s'en tient à ce qu'ils nous racontent, le toubib pense que c'est Despard, Despard pense que c'est le toubib, la fille pense que c'est Mrs Lorrimer... et Mrs Lorrimer ne se prononce pas. Rien de bien éclairant dans tout ça.

— Peut-être... remarqua Poirot.

Battle lui lança un rapide coup d'œil.

— Vous y voyez quelque chose, vous ?

Poirot fit un geste vague.

— Une impression fugitive, sans plus. Rien sur quoi s'appuyer.

— Ces deux messieurs ne nous livrent guère le fond de leur pensée, grogna Battle.

— Manque de preuve, laissa tomber Race.

— Oh ! vous, les *hommes* ! soupira Mrs Oliver, pleine de mépris pour cette retenue.

— Faisons en gros le tour des possibilités, proposa Battle... Je mettrais le médecin en premier. Drôle d'oiseau celui-là. Aurait su évidemment où planter son couteau. Mais cela ne prouve rien. Ensuite, Despard. Un homme aux nerfs solides. Habitué à prendre des décisions rapides et pour qui le danger est le pain quotidien. Mrs Lorrimer ? Elle aussi a les nerfs solides, et c'est le genre de femme à avoir un secret dans sa vie. Elle a l'air de quelqu'un qui a eu des ennuis. D'un autre côté, c'est ce que j'appellerais une femme pleine de principes qui serait à sa place en directrice d'école. On l'imagine mal plantant un couteau dans qui que ce soit. En vérité, je ne crois pas qu'elle l'ait fait. Reste la petite miss Meredith. Nous ne savons rien d'elle. Elle a tout de la jolie fille sans histoire et plutôt timide. Mais comme je le disais, nous ne savons rien d'elle.

— Nous savons tout de même que Shaitana la soupçonnait de meurtre, intervint Poirot.

— Un démon sous une figure d'ange, dit Mrs Oliver d'un ton songeur.

— Où cela nous mène-t-il, Battle ? demanda Race.

— Spéculations stériles, c'est ce que vous pensez, monsieur ? Ma foi, dans un cas comme celui-là, nous y sommes bien obligés.

— Ne serait-il pas préférable d'enquêter sur ces personnes ?

Battle sourit.

— Oh, c'est ce que nous allons faire. Et vous pourrez nous y aider.

— Bien sûr. Mais comment ?

— Prenons le major Despard. Il a pas mal voyagé à l'étranger, en Amérique du Sud, en Afrique de l'Est et de l'Ouest... Des endroits que vous connaissez. Vous pourriez obtenir des informations sur lui.

Race hocha la tête.

— Ce sera fait. On m'enverra tous les renseignements disponibles.

— Oh ! s'écria Mrs Oliver, j'ai une idée. Nous sommes quatre... quatre limiers, comme vous disiez... et *ils* sont quatre ! Parions chacun sur le nôtre. Le major Race prend Despard, le superintendant Battle, le

Dr Roberts, je prends Anne Meredith et M. Poirot prend Mrs Lorrimer. Chacun suit sa piste.

Le superintendant Battle secoua la tête avec énergie.

— C'est impossible, Mrs Oliver. Il s'agit d'une affaire officielle. Je dois suivre *toutes* les pistes. D'autre part, c'est bien beau de dire « parions chacun sur le nôtre ». Nous pouvons être deux à parier sur le même cheval. Le colonel Race n'a jamais prétendu qu'il soupçonnait Despard. Et M. Poirot ne mettrait peut-être pas son argent sur Mrs Lorrimer.

Mrs Oliver soupira.

— C'était un si beau plan ! Si *net* ! Mais vous ne voyez pas d'inconvénient à ce que je me livre à une petite enquête personnelle, n'est-ce pas ? demanda-t-elle en reprenant espoir.

— Non, répondit lentement Battle. Je n'y vois pas d'objection. En fait, je n'ai pas le pouvoir de vous en empêcher. Comme vous avez assisté à la soirée, vous êtes libre de faire tout ce que votre curiosité vous inspire. Mais je vous préviens, Mrs Oliver, que vous auriez intérêt à être prudente.

— Je serai la discrétion en personne. Je ne soufflerai pas un mot de... de rien..., dit-elle sans conviction.

— Je ne crois pas que ce soit exactement ce que le superintendant voulait dire, rectifia Poirot. Il voulait souligner que vous allez avoir affaire à quelqu'un qui, pour autant que nous le sachions, a déjà tué deux fois. Quelqu'un qui, par conséquent, n'hésiterait pas à tuer une troisième fois... s'il pensait que c'était nécessaire.

Mrs Oliver le regarda, songeuse. Puis elle lui fit un charmant sourire, le sourire d'une petite fille effrontée.

— VOUS AUREZ ÉTÉ PRÉVENUE, cita-t-elle. Merci, monsieur Poirot. Je prendrai bien garde où je mettrai les pieds. Mais je veux être de l'histoire.

Poirot s'inclina avec grâce.

— Permettez-moi de vous féliciter, madame : vous êtes belle joueuse.

— J'imagine, reprit Mrs Oliver en se redressant et en adoptant un style gourmé — très présidente de comité directeur — que toutes les informations que nous recevrons seront centralisées, autrement dit que nous n'en conserverons aucune pour nous-mêmes. Bien entendu, nous aurons le droit de garder pour nous nos impressions et nos déductions.

Le superintendant Battle soupira.

— Il ne s'agit pas d'un roman policier, Mrs Oliver.

Race intervint.

— Toutes les informations devront bien évidemment être transmises à la police.

Après avoir dit cela d'un ton éminemment service-service, il ajouta avec un petit clin d'œil :

— Je suis sûr que vous jouerez franc-jeu, Mrs Oliver... le gant taché, les empreintes sur le verre à dents, le fragment de papier calciné, vous communiquerez tout ça à Battle.

— Vous pouvez rire ! riposta Mrs Oliver. Mais l'intuition féminine...

Elle hocha la tête d'un air péremptoire.

Race se leva.

— Je vais me renseigner sur Despard. Cela prendra sans doute un peu de temps. Je ne peux rien faire d'autre ?

— Je ne pense pas, monsieur, merci. Vous n'avez pas de suggestion à me faire ? Cela me rendrait service.

— Hum ! Eh bien, à votre place, je jetterais un œil sur les accidents de chasse, les empoisonnements, mais j'imagine que vous y avez déjà pensé.

— Oui, monsieur, j'ai noté ça.

— Bravo, Battle. Je n'ai pas besoin de vous apprendre votre métier. Bonne nuit, Mrs Oliver. Bonsoir, monsieur Poirot.

Et, sur un dernier signe de tête à Battle, le colonel Race sortit.

— Qui est-ce ? demanda Mrs Oliver.

— Il a de brillants états de service, répondit Battle. Il a pas mal bourlingué aussi. Il y a peu d'endroits dans le monde qui lui soient inconnus.

— Services secrets, je suppose, dit Mrs Oliver. Vous ne pouvez pas me le dire, je sais, mais sinon il n'aurait pas été invité ce soir. Les quatre assassins et les quatre limiers : Scotland Yard, les services secrets, un privé et une romancière. Quelle idée géniale !

Poirot secoua la tête.

— Vous vous trompez, madame. L'idée était *stupide*. Le tigre a été mis en alerte — et le tigre a bondi.

— Le tigre ? Quel tigre ?

— Par le tigre, j'entends le meurtrier, répondit Poirot.

— Monsieur Poirot, demanda Battle sans détour, à votre idée, quelle ligne de conduite devrions-nous adopter ? Ça, c'est ma première question. Mais j'aimerais aussi connaître votre opinion sur la psychologie de ces quatre personnes. Vous y attachez beaucoup d'importance, non ?

Tout en caressant toujours ses marques, Poirot acquiesça.

— C'est juste, le facteur psychologique compte énormément. Nous savons quel *genre* de meurtre a été commis et la *manière* dont il a été commis. Si nous avions affaire à quelqu'un qui, d'un point de vue psychologique, ne pourrait pas avoir commis un crime de ce style-là, il faudrait le rayer de notre liste. Nous savons déjà *quelque chose* de ces gens. Nous avons notre propre estimation sur leur compte, nous connaissons la ligne de défense que chacun d'eux a adoptée, et nous avons une idée de leur caractère par leur manière de jouer au bridge et par l'étude de leurs écritures. Mais hélas ! il est bien difficile de se prononcer avec certitude. Ce meurtre a exigé de l'audace, des nerfs — quelqu'un capable de prendre des risques. Eh bien, nous avons le Dr Roberts, un *bluffeur* qui fait des annonces supérieures à son jeu et qui fait totalement confiance à son habileté pour se sortir d'une situation risquée. Un caractère tout à fait conforme au crime. On pourrait dire aussi que miss Meredith, automatiquement, en sort lavée. Elle est timide, timorée au jeu, prudente, économe, et elle manque de confiance en elle. Ce serait bien la dernière à tenter un coup aussi risqué. Mais la panique peut également amener une personne timide à tuer. Quelqu'un qui a les nerfs fragiles et qui se sent fait comme un rat peut, par désespoir, se mettre tout à coup à montrer les dents. Miss Meredith, à supposer qu'elle ait déjà commis un meurtre auparavant, et qu'elle ait pensé que Mr Shaitana était au courant et s'apprêtait à la livrer à la justice, aurait pu devenir folle de terreur et ne reculer devant rien pour se tirer de ce mauvais pas. Le résultat aurait été le même, mais engendré de façon toute différente : non plus par l'audace et la maîtrise de soi, mais par un état de panique désespérée. Voyons maintenant le major Despard, un être froid, plein de ressources, capable de prendre un grand risque s'il pense que c'est vital. Après avoir pesé le pour et le contre, il pourrait décider que le jeu en vaut la chandelle, car c'est un homme qui préfère l'action à l'expectative, un homme qui n'hésitera jamais devant le danger s'il voit une chance de réussite. Enfin, il y a Mrs Lorrimer, une femme d'âge mûr mais en pleine possession de ses moyens. Une femme de sang-froid. Une femme logique. La plus intelligente des quatre sans doute. Je dois avouer que si c'est Mrs Lorrimer qui a commis ce crime, je pencherai pour la *préméditation*. Je la vois très bien organisant son crime avec lenteur et prudence, s'assurant que son plan ne comporte pas de faille. C'est pour cette raison qu'elle me semble un suspect nettement moins vraisemblable que les trois autres. Elle a toutefois la plus forte personnalité du lot et, quoi qu'elle entreprenne, elle le mènera sans doute à bien. C'est une femme pour qui l'efficacité compte avant tout.

Il s'arrêta un instant.

— Vous voyez, reprit-il, cela ne nous aide pas beaucoup. La seule méthode à suivre dans cette affaire, c'est de fouiller le passé.

Battle soupira.

— Vous l'avez dit, murmura-t-il.

— Dans l'esprit de Mr Shaitana, ils avaient tous les quatre commis un meurtre. Avait-il des preuves ? Était-ce de simples soupçons ? C'est impossible à dire, mais cela m'étonnerait qu'il ait eu de véritables preuves dans chacun des cas...

— Je suis d'accord avec vous, dit Battle en hochant la tête. Ce serait une coïncidence trop extraordinaire.

— Voilà comment j'envisage les choses : on parle de meurtre, ou d'un certain genre de meurtre, et Mr Shaitana surprend un regard chez quelqu'un. Il était vif, sensible aux expressions. Il s'amuse à lancer des ballons d'essai — à sonder les gens en douceur au cours d'une conversation à bâtons rompus. Il cherche à saisir un tressaillement, une réserve, un désir de détourner la conversation. Oh, ce n'est pas compliqué. Si vous soupçonnez quelque chose, rien n'est plus facile que de voir vos soupçons confirmés. À chaque fois qu'un mot touche à ce que vous attendez, vous le remarquez aussitôt.

— C'est un jeu qui a dû beaucoup distraire feu notre ami, dit Battle en hochant la tête.

— Supposons donc qu'il ait appliqué ce procédé dans un ou deux cas. Dans un troisième, il a pu tomber sur une preuve solide et remonter la piste. Mais quel que soit le cas, je doute qu'il ait jamais réuni des preuves suffisantes pour pouvoir, par exemple, les transmettre à la police.

— À moins que l'affaire elle-même ne s'y prête pas, remarqua Battle. Il nous arrive souvent de tomber sur des affaires très louches dans lesquelles il est impossible de rien prouver. Quoi qu'il en soit, la marche à suivre est claire. Nous devons fouiller le passé de tout le monde et noter tous les décès qui pourraient être significatifs. J'imagine que vous avez remarqué, tout comme le colonel, ce que Shaitana a dit pendant le dîner.

— L'ange noir, murmura Mrs Oliver.

— Il a fait de très nettes allusions au poison, aux facilités offertes aux médecins, aux accidents en général et aux accidents de chasse en particulier. Je ne serais pas surpris qu'en disant cela il ait signé son arrêt de mort.

— Il y a eu une sorte de lourd silence, remarqua Mrs Oliver.

— Oui, dit Poirot, ces mots ont atteint au moins une personne — laquelle a sans doute pensé que Shaitana en savait beaucoup plus qu'il ne le laissait entendre. Cette personne a cru que c'était le prélude de la fin, que la soirée était un jeu cruel dont le clou serait l'arrestation du criminel. Oui, comme vous l'avez dit, il a signé son arrêt de mort en donnant ces mots à gober à ses invités.

Il y eut un silence.

— Ce sera long, soupira Battle. Nous ne trouverons pas en un clin d'œil tout ce que nous cherchons, et il nous faudra être prudents. Aucun des quatre suspects ne doit se douter de ce que nous faisons. Toutes nos questions devront avoir l'air de porter uniquement sur *ce* meurtre-*ci*. On ne doit pas nous soupçonner d'avoir une hypothèse sur le mobile du crime. Et le pire, c'est que nous avons non pas un, mais quatre meurtres à retrouver dans le passé.

— Notre cher ami n'était pas infaillible, objecta Poirot. Il a pu — ce n'est qu'une éventualité — se tromper.

— Pour les quatre ?

— Non, il était plus intelligent que ça.

— Cinquante, cinquante, alors ?

— Même pas. Je dirais une fois sur quatre.

— Un innocent et trois coupables ? Ce n'est déjà pas mal. Mais le pire, c'est que si nous découvrons la vérité, nous n'en serons peut-être pas plus avancés. Même si quelqu'un a poussé sa grand-tante dans l'escalier en 1912, à quoi cela nous servira-t-il en 1937 ?

— Si, si, cela nous sera utile, déclara Poirot, encourageant. Vous le savez. Vous le savez aussi bien que moi.

Battle hocha lentement la tête.

— Je vois ce que vous voulez dire. La même méthode ?

— Vous pensez que la première victime a été poignardée, elle aussi ? demanda Mrs Oliver.

— Non, ce n'est pas aussi grossier, rectifia Battle en se tournant vers elle. Mais nul doute qu'il s'agira du même *genre* de crime. Les *détails* seront peut-être différents, mais l'essentiel y sera. Aussi étrange que cela paraisse, c'est toujours ainsi qu'un criminel se trahit.

— L'homme est une créature dénuée d'originalité, remarqua Poirot.

— Les femmes sont capables de variations infinies, affirma Mrs Oliver. Pour ma part, je ne commettrais jamais le même genre de crime deux fois de suite.

— Vous n'employez jamais deux fois de suite le même scénario ? demanda Battle.

— *Le Crime du Lotus* et *L'Énigme de la chandelle de cire*, murmura Poirot.

Mrs Oliver lui lança un regard approbateur.

— Félicitations, monsieur Poirot, c'est très malin de votre part. Bien sûr, ces deux livres sont basés sur le même scénario, mais personne d'autre ne s'en est aperçu. Dans l'un, on dérobe des documents au cours d'une réception au ministère, dans l'autre il s'agit d'un meurtre à Bornéo dans une plantation d'hévéas.

— Oui, mais le point essentiel sur lequel repose l'histoire est le même, déclara Poirot. C'est une de vos plus ingénieuses combines. Le planteur met au point son propre meurtre et le ministre arrange le vol de ses propres documents. À la dernière minute arrive un tiers qui découvre la fraude.

— J'ai beaucoup aimé votre dernier roman, Mrs Oliver, déclara le superintendant Battle. Celui où tous les commissaires de police sont tués en même temps. Vous vous êtes seulement trompée une ou deux fois sur des points de détail. Comme je connais votre souci d'exactitude, je me suis demandé si...

Mrs Oliver l'interrompit.

— En réalité, je me moque de l'exactitude comme de l'an quarante. Qui s'en soucie aujourd'hui ? Personne. Quand un journaliste raconte qu'une jolie fille de vingt-deux ans est morte en ouvrant le gaz après avoir regardé la mer et embrassé son labrador favori : « Adieu, Bob ! » — est-ce que quelqu'un proteste sous prétexte que la fille avait en réalité vingt-six ans, que la pièce ne donnait pas sur la mer et que le chien était un terrier baptisé Bonnie ? Si un journaliste peut faire ça, je ne vois pas pourquoi je n'aurais pas le droit de me tromper dans les grades de la police, de dire un revolver quand il s'agit d'un automatique, un dictaphone alors qu'il s'agit d'un phonographe, et d'utiliser un poison qui vous permet à peine de prononcer encore une phrase. Ce qui compte, c'est la quantité de cadavres. Quand on commence à s'ennuyer, un peu de sang supplémentaire, ça vous ragaillardit. Quelqu'un va parler... mais on le tue avant qu'il ait pu le faire. Ça marche toujours. Je l'utilise dans tous mes livres, sous différents camouflages, bien sûr. Les lecteurs adorent les poisons indécelables, les inspecteurs de police stupides, les filles attachées dans des caves pleines de gaz méphitique ou se remplissant d'eau — manière bien mal commode de tuer quelqu'un en réalité — et le héros qui vient tout seul à bout de trois à sept méchants. J'ai écrit jusqu'à présent trente-deux romans tous identiques en réalité, comme M. Poirot paraît être le seul à l'avoir remarqué, mais mon unique regret, c'est d'avoir fait de mon détective un Finlandais. Je ne sais rien des Finlandais et je reçois des paquets de lettres de Finlande me soulignant qu'il est impossible qu'il ait dit ou fait ceci ou cela. On jurerait qu'ils lisent des masses de romans policiers, là-bas. Ce doit être à cause des longues journées d'hiver boréal. Les Bulgares et les Roumains n'ont pas l'air de lire du tout. J'aurais été mieux inspirée d'en faire un Bulgare...

Elle s'interrompit.

— Désolée. Je parle boutique, alors qu'il s'agit d'un vrai crime. (Son visage s'éclaira.) Quelle bonne idée ce serait si personne ne l'avait tué ! S'il avait invité tout le monde et qu'il se soit suicidé tranquillement, juste pour flanquer la pagaille.

Poirot hocha la tête, approbateur.

— Admirable solution. Élégante. Spirituelle... Hélas ! ce n'était pas le genre de Mr Shaitana. Il aimait la vie.

— Je ne pense pas qu'il ait été vraiment sympathique, déclara Mrs Oliver.

— Il n'était pas sympathique, non, reconnut Poirot. Mais il était en vie — et maintenant il est mort. Et comme je le lui ai dit une fois, j'ai une attitude très *bourgeoise* à l'égard du meurtre. Je le désapprouve.

Il ajouta d'une voix douce :

— C'est pourquoi... je suis prêt à pénétrer dans la cage du tigre...

9

LE Dr ROBERTS

— Bonjour, superintendant Battle.

Le Dr Roberts se leva de son fauteuil et lui tendit une grande main rose fleurant un mélange de bon savon et de phénol.

— Où en êtes-vous arrivé ? demanda-t-il.

Avant de répondre, le superintendant examina d'un coup d'œil le confortable cabinet de consultation.

— Eh bien, Dr Roberts, à parler franc, je ne suis arrivé nulle part. Je piétine.

— J'ai été bien content de voir qu'on en a peu parlé dans les journaux.

— *Mort soudaine du fameux Mr Shaitana au cours d'une réception qu'il donnait dans ses appartements.* C'en est là pour l'instant. Nous avons eu les résultats de l'autopsie. Je vous en ai apporté une copie. J'ai pensé que cela vous intéresserait...

— C'est très aimable à vous... Cela devrait... hum !... hum ! Oui, c'est très intéressant...

Il la lui rendit.

— Et nous avons interrogé le notaire de Mr Shaitana. Nous connaissons maintenant les termes de son testament. Il ne nous a rien appris. Il semble qu'il ait de la famille en Syrie. Et, bien entendu, nous avons examiné ses papiers personnels.

Était-ce un effet de son imagination ou ce visage large et glabre s'était-il vraiment figé, ossifié ?

— Et alors ?

— Rien, dit le superintendant en épiant ses réactions.

Aucun signe de soulagement visible. Rien d'aussi flagrant. Mais la silhouette du docteur sembla s'étaler un petit peu plus confortablement dans son fauteuil.

— Vous êtes donc venu me trouver ?

— Comme vous dites, je suis venu vous trouver.

Le docteur haussa les sourcils et plongea ses yeux perçants dans ceux de Battle.

— Et maintenant vous voudriez examiner mes papiers personnels ?

— C'était plus ou moins l'idée.

— Vous avez un mandat de perquisition ?

— Non.

— Ma foi, vous pourriez en obtenir un sans problème, j'imagine. Je n'ai pas l'intention de vous créer des difficultés. Évidemment, ce n'est jamais agréable d'être soupçonné de meurtre, mais je ne peux pas vous en vouloir de faire votre travail.

— Merci monsieur, répondit Battle avec une réelle gratitude. J'apprécie beaucoup votre attitude. J'espère que les autres se montreront aussi raisonnables.

— À mauvais jeu, il faut faire bonne figure, répondit le médecin avec bonne humeur.

» J'ai terminé mes consultations, poursuivit-il. J'allais partir faire mes visites. Je vais vous laisser mes clefs et prévenir ma secrétaire pour que vous puissiez travailler à votre aise.

— Voilà qui est très gentil de votre part. Mais avant que vous ne partiez, j'aimerais vous poser quelques questions.

— À propos de l'autre soir ? Je vous ai déjà dit tout ce que je savais.

— Non, pas à propos de l'autre soir. À propos de vous.

— Eh bien, allez-y, mon vieux ! Que voulez-vous savoir ?

— J'aimerais avoir un bref aperçu de votre vie, Dr Roberts. Naissance, mariage, etc.

— Cela me servira d'entraînement pour le *Who's Who*, répliqua le médecin d'un ton ironique. Ma vie s'est déroulée sans incident. Je viens du Shropshire, je suis né à Ludlow. Mon père exerçait là-bas. Il est mort lorsque j'avais quinze ans. J'ai fait mes études de médecine comme lui, à Shrewsbury. J'ai été interne à St-Christopher... mais vous êtes déjà en possession de tous les détails de ma carrière, je suppose.

— Oui, j'ai déjà cherché, monsieur. Êtes-vous fils unique, ou avez-vous des frères ou des sœurs ?

— Je suis fils unique. Mes parents sont morts tous les deux et je suis célibataire. Cela vous suffit-il ? Je me suis associé avec le Dr Emery. Il a pris sa retraite il y a une quinzaine d'années. Il vit en Irlande. Je vous donnerai son adresse si vous le désirez. J'habite ici avec une cuisinière, une femme de chambre et une gouvernante. Ma secrétaire vient tous les jours. Je gagne bien ma vie et je ne tue qu'un nombre raisonnable de patients. Cela vous va comme ça ?

Le superintendant Battle sourit.

— Cela me paraît assez complet, Dr Roberts. Je suis ravi que vous ayez le sens de l'humour. Maintenant, je vais encore vous poser une question.

— Ma moralité est irréprochable, superintendant.

— Oh, je ne pensais pas à ça. Non, je voulais juste vous demander le nom de quatre de vos amis... de gens qui vous connaîtraient intimement depuis de longues années. En guise de référence, si vous voyez ce que je veux dire.

— Oui, je pense. Laissez-moi réfléchir... Vous préférez qu'ils habitent Londres, j'imagine ?

— Ce serait plus simple, mais cela n'a pas vraiment d'importance.

Le Dr Roberts réfléchit un moment puis, avec son stylo, griffonna quatre noms et adresses sur une feuille de papier qu'il tendit à Battle.

— Est-ce que ceux-ci vous iront ? C'est ce que j'ai trouvé de mieux pour l'instant.

Battle lut les noms avec attention, hocha la tête en signe d'approbation et rangea la feuille dans une de ses poches intérieures.

— C'est une question d'élimination, expliqua-t-il. Plus vite je peux éliminer une personne et passer à la suivante, mieux cela vaudra pour tout le monde. Il faut que je m'assure que vous n'étiez pas en mauvais termes avec Mr Shaitana, que vous n'étiez pas en rapports intimes ou en affaire avec lui, qu'il ne vous avait jamais offensé et que vous n'aviez aucun grief contre lui. Même si je vous crois lorsque vous affirmez que vous le connaissiez à peine, la question n'est pas là. Je dois en être *sûr*.

— Oh, je comprends très bien. Jusqu'à ce que vous puissiez prouver qu'il dit la vérité, vous êtes obligé de considérer chacun comme un menteur. Voici mes clefs, superintendant. Celle-ci ouvre les tiroirs, celle-là le bureau, et la petite est celle de l'armoire aux poisons. Refermez-la bien. Il vaudrait peut-être mieux que je dise un mot à ma secrétaire.

Il sonna.

La porte s'ouvrit presque immédiatement et une jeune femme à l'air compétent apparut.

— Vous m'avez appelée, docteur ?

— Voici miss Burgess... le superintendant Battle, de Scotland Yard.

Miss Burgess considéra Battle d'un œil froid. Son regard semblait dire :

« Mon Dieu, quelle espèce d'animal est-ce là ? »

— Vous me ferez plaisir, miss Burgess, en répondant à toutes les questions que le superintendant Battle pourra vous poser et en l'aidant de votre mieux.

— Bien sûr, comme vous voudrez, docteur.

— Eh bien, dit Roberts en se levant, je dois vous quitter. Avez-vous mis de la morphine dans ma trousse ? J'en aurai besoin pour Lockaert.

Il sortit d'un air affairé tout en continuant de parler, et miss Burgess le suivit.

Elle revint une minute après.

— Si vous avez besoin de moi, voulez-vous appuyer sur ce bouton, superintendant Battle ?

Battle la remercia, promit de le faire, et se mit au travail.

Il procéda avec ordre et méthode, bien qu'il n'espérât rien trouver d'important. Roberts avait accepté l'idée avec trop d'empressement pour qu'il lui reste la moindre chance. Roberts était loin d'être un imbécile. Il devait avoir compris qu'une fouille était inévitable et il avait certainement tout prévu en conséquence. Mais comme le Dr Roberts ne connaissait pas le véritable objet de ses recherches, il restait cependant une très vague possibilité de tomber sur des bribes d'informations intéressantes.

Le superintendant ouvrit et referma les tiroirs, vida les casiers, feuilleta les carnets de chèques, fit le compte des factures impayées, nota l'objet de ces factures, étudia le livret bancaire, parcourut les notes destinées aux dossiers des clients, bref ne laissa pas passer un seul papier. Le résultat fut extrêmement maigre. Il examina ensuite l'armoire à poisons, nota le nom des laboratoires avec lesquels Roberts travaillait, le système de contrôle, referma l'armoire et s'attaqua au bureau. Celui-ci contenait des papiers plus personnels, mais rien qui se rapportât à ce qu'il cherchait. Il secoua la tête, s'assit dans le fauteuil du médecin et appuya sur la sonnette.

Miss Burgess accourut avec une louable promptitude.

Le superintendant la pria poliment de s'asseoir et l'étudia un moment avant de décider de quelle manière attaquer. Il avait tout de suite senti une hostilité latente et il hésitait entre encourager cette hostilité pour l'empêcher de surveiller ses paroles, ou tenter une méthode d'approche plus douce.

— Vous savez sans doute de quoi il s'agit, miss Burgess ? dit-il enfin.

— Le Dr Roberts me l'a raconté, répondit-elle brièvement.

— Cette histoire est très délicate...

— Ah, bon ?

— C'est une sale affaire. Il y a quatre suspects, et l'un d'entre eux est le coupable. Je voudrais savoir si vous avez jamais vu Mr Shaitana.

— Jamais.

— Vous n'avez jamais entendu le Dr Roberts en parler ?

— Jamais. Non, je me trompe. Il y a une semaine

environ, le Dr Roberts m'a demandé de noter une invitation à dîner dans son carnet de rendez-vous. Mr Shaitana, à 8 heures un quart le 18.

— C'est la première fois qu'il était question de lui ?

— Oui.

— Vous n'avez jamais vu son nom dans les journaux ? On le trouvait souvent dans les potins mondains.

— J'ai mieux à faire que de lire les potins mondains.

— Je l'espère bien. Oh, oui, je l'espère bien, dit Battle avec gentillesse. Enfin, poursuivit-il, voilà comment se présente la situation. Les suspects nient tous avoir bien connu Mr Shaitana, et pourtant l'un d'eux le connaissait assez pour le tuer. Mon travail consiste à découvrir lequel.

Un silence infructueux s'installa. Miss Burgess se fichait éperdument du travail de Battle. Son travail à elle consistait à obéir aux ordres de son employeur, à rester plantée là, à écouter ce que le superintendant Battle pouvait avoir à dire et à répondre à toute question directe qu'il pourrait lui poser.

— Vous savez, miss Burgess, dit Battle, sans se laisser décourager par l'ampleur de sa tâche, je doute que vous soyez, ne fût-ce qu'à moitié, consciente des difficultés de notre travail. Par exemple, les gens nous racontent tout un tas de choses. Même si nous n'en croyons pas un traître mot, nous devons en tenir compte. C'est particulièrement frappant dans un cas comme celui-ci. Je ne voudrais pas médire de votre sexe, mais il ne fait aucun doute qu'une femme, quand elle est prise de panique, est capable de se répandre en invectives. Elle se livre à des accusations sans fondement, insinue tout et le contraire, et revient sur de vieux scandales qui n'ont sans doute rien à voir avec l'affaire.

— Est-ce que vous prétendriez, demanda miss Burgess, que l'une de ces autres personnes aurait porté des accusations à l'encontre du Dr Roberts ?

— Pas exactement *porté,* répondit Battle avec prudence. Mais quand même, je dois en tenir compte. Des circonstances étranges auraient entouré la mort d'un patient. Ce sont probablement des bruits ridicules. J'aurais honte d'importuner le docteur avec ça.

— J'imagine que quelqu'un a entendu courir des bruits à propos de Mrs Graves, dit miss Burgess, courroucée. La façon dont les gens parlent de ce qu'ils ne connaissent pas est insensée. Il y a un tas de vieilles femmes comme ça — elles pensent que tout le monde cherche à les empoisonner : leur famille, leurs domestiques, et même leur médecin. Mrs Graves avait déjà vu trois médecins avant le Dr Roberts, et quand elle s'est mise à délirer de la même façon à son propos il l'a volontiers abandonnée au Dr Lee. Le Dr Roberts dit que c'est la seule solution dans ces cas-là. Après le Dr Lee, elle a eu le Dr Steele, ensuite le Dr Farmer... jusqu'à ce qu'elle meure, la pauvre vieille.

— Vous seriez surprise de voir comment une broutille peut donner naissance à toute une histoire. Quand un médecin tire un bénéfice de la mort d'un de ses patients, il se trouve toujours quelqu'un pour débiter des horreurs. Et pourtant, pourquoi un patient reconnaissant ne léguerait-il pas un petit quelque chose, ou même un grand quelque chose, à son médecin de famille ?

— Ce sont les parents, répliqua miss Burgess. Il n'y a rien de tel que la mort pour mettre au jour la mesquinerie humaine. Le corps n'est pas encore froid qu'ils se disputent pour savoir à qui ira quoi. Heureusement, le Dr Roberts n'a jamais eu d'ennuis de ce genre. Il dit toujours qu'il espère bien que ses patients ne lui laisseront rien. Je crois qu'au total il a bénéficié un jour d'un legs de cinquante livres, et une autre fois de deux cannes et d'une montre en or, un point c'est tout.

— Ah, la vie d'une sommité médicale n'est pas une sinécure ! soupira Battle. Le médecin n'est jamais à l'abri d'un chantage. Les événements les plus innocents prennent parfois des allures de scandale. Un médecin, ça doit se tenir prudemment à l'écart de toute tentation... ce qui signifie qu'un médecin, ça doit savoir faire preuve d'intelligence et de discernement.

— Il y a du vrai dans ce que vous dites, reconnut

miss Burgess. Les femmes hystériques leur donnent du fil à retordre, aux médecins !

— Les femmes hystériques. Très juste. C'était bien à elles que je pensais.

— Vous pensiez à cette horrible Mrs Craddock ?

Battle fit semblant de réfléchir.

— Attendez... C'était il y a trois ans ? Non, plus.

— Quatre ou cinq, je crois. C'était une cinglée ! J'ai été soulagée quand elle est partie pour l'étranger, et le Dr Roberts aussi. Elle racontait des mensonges atroces à son mari... c'est ce qu'elles font toujours. Le pauvre, il n'était plus lui-même, il était tombé malade. Il est mort d'une tumeur charbonneuse, vous savez, à cause d'un blaireau infecté.

— J'avais oublié ça, dit Battle avec une parfaite mauvaise foi.

— Alors elle est partie pour l'étranger et elle est morte peu de temps après. J'ai toujours pensé que c'était une femme pas bien du tout... une nymphomane, vous voyez.

— Je vois le genre, répliqua Battle. Elles sont très dangereuses. Un médecin devrait les éviter à tout prix. Où est-elle morte, déjà ? Il me semble que je m'en souviens...

— En Égypte, je crois. D'un empoisonnement du sang... un virus local.

— Une autre difficulté pour un médecin, dit Battle en changeant de sujet, c'est lorsqu'il soupçonne qu'un de ses patients est empoisonné par quelqu'un de sa famille. Que peut-il faire ? Il faut qu'il soit sûr de son fait ou alors qu'il tienne sa langue. Et s'il s'est tu et qu'ensuite on découvre qu'il y avait du louche, il se retrouve dans une situation délicate. Je me demande si le Dr Roberts a jamais rencontré un cas de ce genre ?

— Je ne crois pas, répondit miss Burgess en faisant un effort de mémoire. Je ne l'ai jamais entendu parler de ça.

— D'un point de vue statistique, il serait intéressant de savoir combien de décès se produisent chaque année dans la clientèle d'un médecin. Par exemple, maintenant que vous travaillez pour le Dr Roberts depuis quelques années...

— Sept ans.

— Sept ans. Eh bien, combien de décès avez-vous enregistrés dans ce laps de temps ?

— C'est difficile à dire, répondit miss Burgess en calculant. (Elle était tout à fait dégelée et sans méfiance, à présent.) Sept, huit... je ne m'en souviens plus au juste. En tout cas, pas plus de trente.

— Alors, je suppose que le Dr Roberts est meilleur que la plupart, déclara Battle d'un ton aimable. Je suppose aussi que ses patients font presque tous partie des classes très aisées. Ils ont les moyens de se soigner.

— C'est un médecin très recherché. Il a un si remarquable diagnostic !

Battle se leva en soupirant.

— Je crains de m'être bien écarté de ma tâche, à savoir trouver un lien entre le Dr Roberts et ce Mr Shaitana. Ce n'était pas un de ses patients, vous en êtes sûre ?

— Sûre et certaine.

— Sous un autre nom, peut-être ? Vous ne le reconnaissez pas ? demanda-t-il en lui montrant une photographie.

— Quel air théâtral il a ! Non, je ne l'ai jamais vu ici.

— Eh bien, voilà, soupira Battle. Je suis très reconnaissant au Dr Roberts de m'avoir si gentiment facilité le travail. Remerciez-le de ma part, voulez-vous ? Dites-lui bien que je passe au n° 2. Au revoir, miss Burgess et merci de votre aide.

Il lui serra la main et s'en fut. Dans la rue, tout en marchant, il sortit un calepin de sa poche et inscrivit, sous la lettre R :

Mrs Graves ? Peu probable.
Mrs Craddock ?
Pas d'héritages.
Pas de femmes. (Dommage.)
Enquêter sur la mort des patients. Ardu.

Il referma son calepin et se rendit à Lancaster Gate, dans la filiale de la London & Wessew Bank.

Sur présentation de sa carte, il eut droit à un entretien privé avec le directeur.

— Bonjour, monsieur. Je crois savoir que le Dr Geoffroy Roberts est un de vos clients.

— En effet, superintendant.

— J'aimerais obtenir quelques renseignements sur le compte de ce monsieur, en remontant plusieurs années.

— Je vais voir ce que je peux faire pour vous.

S'ensuivit une demi-heure bien remplie. Finalement, avec un soupir, Battle empocha une feuille de papier couverte de chiffres.

— Vous avez trouvé ce que vous vouliez ? lui demanda le directeur avec curiosité.

— Non. Pas une seule piste engageante. Mais merci quand même.

Au même moment, le Dr Roberts, tout en se lavant les mains dans son cabinet de consultation, disait à miss Burgess :

— Que voulait notre flegmatique détective ? A-t-il retourné la maison de haut en bas, et vous comme un gant ?

— Il n'a pas tiré grand-chose de moi, je peux vous l'assurer, répondit miss Burgess en pinçant les lèvres.

— Ma chère petite, inutile de jouer les huîtres. Je vous avais recommandé de lui dire tout ce qu'il voudrait savoir. À propos, que voulait-il savoir ?

— Oh, il n'a pas cessé de me demander si vous connaissiez ce Shaitana... il a même suggéré qu'il aurait pu venir vous consulter sous un autre nom. Il m'a montré une photo de lui. Quel air théâtral il avait !

— Shaitana ? Oh ! oui. Il jouait au Méphistophélès moderne. Ça prenait assez bien, en général. Qu'est-ce que Battle vous a demandé d'autre ?

— Pas grand-chose, excepté... ah ! oui, quelqu'un lui avait raconté des inepties à propos de Mrs Graves... vous savez, la façon qu'elle avait de pousser sa brouette.

— Graves, Graves ? Ah, oui, la vieille Mrs Graves ! Ça, c'est tordant ! C'est vraiment tordant ! dit le médecin en riant.

Et il alla déjeuner, de très bonne humeur.

10

Dr ROBERTS *(suite)*

Le superintendant Battle déjeunait avec Hercule Poirot.

Le premier avait l'air abattu, le second compatissait.

— Ainsi, votre matinée n'a pas été très fructueuse, dit Poirot, songeur.

Battle secoua la tête.

— Le travail s'annonce difficile, monsieur Poirot.

— Que pensez-vous de lui ?

— Du médecin ? Eh bien, pour être franc, je pense que Shaitana avait raison. C'est un tueur. Il me rappelle Westaway... et aussi cet avocat de Norfolk. Même chaleur, même assurance. Et même succès. C'était deux diables d'hommes, tout comme Roberts. Bien entendu, il ne s'ensuit pas qu'il ait tué Shaitana — en réalité, je ne pense pas qu'il l'ait fait. Il connaissait trop le risque, et mieux qu'un avocat : Shaitana pouvait se réveiller et pousser des hurlements. Non, je ne crois pas que Roberts l'ait assassiné.

— Mais vous pensez qu'il a tué quelqu'un d'autre ?

— Probablement un tas de gens. C'est ce que Westaway avait fait. Mais ce ne sera pas facile de s'en assurer. J'ai vérifié son compte bancaire, rien d'anormal, pas de grosses rentrées d'argent soudaines. En tout cas, au cours des sept dernières années, pas de legs provenant d'un patient. Cela exclut l'assassinat pour un bénéfice direct. Il n'a jamais été marié — quel dommage ! Pour un médecin, tuer sa propre femme, c'est l'idéal ! Il est riche, mais il faut avouer que sa clientèle n'est pas précisément dans la misère.

— En fait, il a l'air de mener une vie sans reproche, et c'est peut-être bien le cas.

— Peut-être, mais je préfère envisager le pire... Il y a eu des rumeurs de scandale à propos d'une femme, une de ses patientes, une dénommée Craddock. Cela mérite d'être approfondi, je crois. Je vais mettre quelqu'un là-dessus tout de suite. La femme est morte en Égypte d'une maladie locale, si bien que je ne m'attends pas à trouver quelque chose là-bas, mais cela peut nous éclairer en gros sur son caractère et sa moralité.

— Elle avait un mari ?

— Oui. Mort du charbon.

— Du charbon ?

— Oui, il y a eu beaucoup de blaireaux de mauvaise qualité sur le marché à ce moment-là, dont certains infectés. Cela faisait régulièrement scandale, à l'époque.

— Très pratique, insinua Poirot.

— C'est aussi ce que j'ai pensé. Pour peu que le mari ait menacé de faire des histoires... Mais ce n'est qu'une simple hypothèse. Rien où poser un pied avec certitude.

— Courage, mon bon ami. Je connais votre obstination. En définitive, vous allez vous retrouver avec autant de pieds qu'un mille-pattes.

— Et je me retrouverai dans le fossé à force d'y penser, déclara Battle en souriant.

Puis il demanda avec curiosité :

— Et vous ? Vous allez nous prêter la main ?

— Je passerai peut-être chez le Dr Roberts, moi aussi.

— Deux dans la même journée... Cela risque d'éveiller ses soupçons.

— Oh ! je serai très discret. Je ne le questionnerai pas sur son passé.

— Je serais curieux de connaître votre ligne de conduite. Mais ne me le dites pas si vous ne le voulez pas.

— Du tout... du tout. Je n'y vois aucune objection. Nous parlerons bridge, un point c'est tout.

— Encore le bridge ! Décidément, vous y tenez !

— Je trouve le sujet bien commode !

— Ma foi, chacun son goût. Je n'utilise guère ces approches sophistiquées. Ce n'est pas mon style.

— Et quel est votre style, superintendant ?

Les deux hommes échangèrent un regard pétillant de malice.

— L'inspecteur zélé, honnête et direct, qui fait son devoir de façon laborieuse — c'est ça mon style. Pas de chichis. Pas de fantaisie dans le travail. Une bonne suée. Du flegme avec un brin de stupidité. Voilà mes caractéristiques.

Poirot leva son verre.

— À nos méthodes respectives ! Et puisse le succès couronner nos efforts conjoints !

— J'espère que le colonel Race nous dénichera quelque chose d'utile sur Despard. Il a de nombreuses sources d'informations.

— Et Mrs Oliver ?

— Là, c'est jouer à pile ou face. Cette femme me plaît assez. Elle débite un grand nombre de bêtises, mais elle a du cran. Et une femme obtient des renseignements sur ses consœurs qu'un homme n'obtiendrait jamais. Elle peut mettre le doigt sur un point intéressant.

Ils se séparèrent. Battle rentra à Scotland Yard pour distribuer ses instructions. Poirot se rendit au 200 Gloucester Terrace.

Le Dr Roberts l'accueillit en levant les sourcils de façon comique.

— Deux limiers le même jour ? D'ici ce soir, on me passera les menottes, j'imagine.

Poirot sourit.

— Je vous garantis, Dr Roberts, que je me partage également entre vous quatre.

— Cela mérite ma gratitude, en tout cas. Cigarette ?

— Si vous permettez, je préfère les miennes.

Poirot alluma une de ses minuscules cigarettes russes.

— Que puis-je pour vous ? demanda Roberts.

Poirot tira une ou deux bouffées en silence, puis il dit :

— Êtes-vous un bon observateur de la nature humaine, docteur ?

— Je ne sais pas. Je suppose que oui. C'est le métier qui veut ça.

— C'est exactement ce que je me suis dit. J'ai pensé : « Un médecin passe son temps à étudier ses patients. Leur expression, leur teint, la vitesse à laquelle ils respirent, le moindre signe d'inquiétude, le médecin remarque tout ça sans même remarquer qu'il le remarque. Le Dr Roberts doit pouvoir m'aider. »

— Je ne demande pas mieux. Quel est le problème ?

Poirot sortit d'un élégant petit portefeuille trois marques de bridge pliées avec soin.

— Voici les trois premières parties de l'autre soir, expliqua-t-il. Prenez la première, qui est de l'écriture de miss Meredith. Maintenant, pouvez-vous me dire, en vous aidant de ces marques pour vous rafraîchir la mémoire, quelles ont été les annonces et ce que chacun a joué ?

Roberts le regarda avec stupéfaction.

— Vous plaisantez, monsieur Poirot. Comment pourrais-je m'en souvenir ?

— Vous ne pouvez pas ? Je vous serais si reconnaissant d'essayer... Prenez cette partie. La première annonce a dû se faire à cœur ou à pique, sinon un des deux camps aurait chuté de cinquante.

— Montrez... Oui, c'est la première. Ils avaient annoncé pique, en effet.

— Et dans la partie suivante ?

— L'un de nous a dû chuter de cinquante, mais je ne me rappelle plus qui, ni sur quoi. Vraiment, monsieur Poirot, vous ne pouvez quand même pas espérer que je m'en souvienne ?

— Vous ne vous rappelez aucun autre jeu, ni aucune annonce ?

— J'ai demandé un grand chelem, ça je m'en souviens. J'ai été contré. Et je me rappelle aussi avoir pris une dégelée... c'était en jouant trois sans atout, je crois. Mais cela s'est passé plus tard.

— Vous rappelez-vous avec qui vous jouiez ?

— Avec Mrs Lorrimer. Je me souviens qu'elle avait

l'air plutôt furibonde. Elle n'avait pas dû apprécier ma surenchère, je suppose.

— Vous ne vous rappelez aucune autre annonce ou aucun autre jeu ?

Roberts éclata de rire.

— Cher monsieur Poirot, l'espériez-vous vraiment ? D'abord, il y a eu le meurtre, ce qui suffirait à vous chasser de l'esprit les coups les plus spectaculaires et, de plus, j'ai joué au moins une demi-douzaine de parties depuis.

Poirot parut quelque peu déconfit.

— Désolé, dit Roberts.

— Cela ne fait rien, répliqua lentement Poirot. J'avais espéré que vous vous souviendriez d'une partie ou deux parce que je pensais que ce serait un bon point de repère pour d'autres choses.

— Quelles autres choses ?

— Ma foi, vous auriez pu remarquer, par exemple, que votre partenaire a cafouillé en jouant un simple sans atout, ou encore qu'un de vos adversaires vous offrait deux levées inattendues pour n'avoir pas joué une carte évidente.

Le Dr Roberts devint soudain sérieux. Il se pencha vers Poirot.

— Ah, je comprends maintenant où vous voulez en venir. Excusez-moi, j'ai d'abord cru que vous teniez des propos ridicules. Vous pensez que le meurtre... sa réalisation parfaite... aurait pu influencer le jeu du coupable ?

Poirot hocha la tête.

— Vous avez saisi l'idée. Si vous aviez eu l'habitude de jouer ensemble, cela aurait pu être un indice de première importance. Un changement, une soudaine absence de réflexe, une occasion manquée, vous auraient immédiatement frappé. Malheureusement, vous étiez tous des étrangers les uns pour les autres. Les changements dans la manière de jouer sont moins perceptibles. Mais réfléchissez bien, docteur, je vous supplie de *réfléchir*. Vous rappelez-vous le moindre changement de rythme, la moindre erreur soudaine et flagrante, dans le jeu de l'un ou l'autre ?

Le Dr Roberts resta silencieux un instant, puis il secoua la tête.

— Non. Je ne peux pas vous aider, déclara-t-il avec franchise. Je ne me souviens de rien. Je ne peux que vous répéter ce que je vous ai déjà dit : Mrs Lorrimer est une joueuse de première classe, elle n'a commis aucune erreur. Elle a été brillante du début à la fin. Le jeu de Despard a été uniformément bon. C'est un joueur beaucoup plus conventionnel. Il n'enfreint jamais les règles. Il ne prend pas de risques inutiles. Miss Meredith...

Il hésita.

— Oui. Miss Meredith ? insista Poirot.

— Elle a fait des fautes... une ou deux fois... je m'en souviens. Vers la fin de la soirée. Mais peut-être simplement parce qu'elle était fatiguée. Elle manque d'expérience. Sa main tremblait aussi...

Il s'arrêta.

— À quel moment sa main a-t-elle tremblé ?

— À quel moment ? Je ne m'en souviens plus. Je pense qu'elle était juste un peu nerveuse, monsieur Poirot. Vous me forcez à imaginer je ne sais quoi.

— Pardonnez-moi. Mais il y a encore un point pour lequel j'ai besoin de votre aide.

— Oui ?

— C'est difficile, dit lentement Poirot. Je ne voudrais pas vous poser carrément la question, vous comprenez. Si je vous demande : avez-vous remarqué ceci ou cela... eh bien, je vous aurai mis cette idée dans la tête. Votre réponse ne sera pas aussi valable. Laissez-moi y arriver par un autre chemin. Soyez assez aimable, Dr Roberts, pour me décrire le contenu de la pièce où vous vous trouviez.

Roberts parut médusé.

— Le contenu de la pièce ?

— S'il vous plaît.

— Mon cher ami, je ne sais même pas par où commencer !

— Commencez où bon vous chante.

— Eh bien... il y avait pas mal de meubles...

— Non, non, non ! Soyez précis, je vous en supplie.

Le Dr Roberts soupira.

Il commença drôlement, à la manière d'un commissaire-priseur :

— Un grand canapé recouvert de brocart couleur ivoire, un vert idem, quatre ou cinq grands fauteuils. Huit ou neuf tapis persans, un ensemble de douze chaises dorées Empire. Un bureau William & Mary (je me fais l'effet d'un crieur de salle des ventes). Un très beau meuble chinois. Un grand piano. Il y avait d'autres meubles mais je n'y ai pas fait attention. Six estampes japonaises rarissimes, deux peintures sur verre chinoises. Cinq ou six ravissantes tabatières. Quelques figurines japonaises en ivoire posées sur un guéridon. De l'argenterie : des timbales Charles Ier, je crois. Un ou deux émaux de Battersea...

— Bravo, bravo ! applaudit Poirot.

— Un couple d'oiseaux en vieille céramique anglaise... et, je crois, une sculpture de Ralph Wood. Il y avait aussi des objets orientaux en argent ciselé. Quelques bijoux aussi, mais je n'y connais pas grand-chose. Quelques oiseaux de Chelsea, je m'en souviens. Oh, et aussi des miniatures dans un coffret, assez jolies, je trouve. Ce n'est pas tout, mais c'est tout ce que je me rappelle pour l'instant.

— C'est fantastique ! fit Poirot, admiratif. On peut dire que vous possédez un véritable don d'observation.

Le médecin demanda avec curiosité :

— Ai-je cité l'objet que vous aviez en tête ?

— C'est justement ce qui est intéressant. J'aurais été très surpris que vous le mentionniez. À mon avis, vous ne pouviez pas le mentionner.

— Pourquoi ?

L'œil de Poirot s'alluma.

— Peut-être parce qu'il n'y était pas.

Roberts le regarda fixement.

— Cela me rappelle quelque chose...

— Cela vous rappelle Sherlock Holmes, n'est-ce pas ? La curieuse histoire du chien dans la nuit. Ce chien n'aboie pas la nuit. C'est justement ce qui est étonnant ! Ma foi, je ne me gêne pas pour voler les trucs des autres, vous savez.

— Où voulez-vous en venir, monsieur Poirot ? Je nage en plein brouillard.

— C'est très bien, ça ! Confidence pour confidence, c'est comme ça que j'obtiens mes meilleurs effets.

Poirot se leva en souriant et, comme le médecin avait l'air de plus en plus ahuri, il lui dit :

— Vous pouvez au moins comprendre ceci : ce que vous m'avez raconté va m'être très utile au cours de mon prochain entretien.

Roberts se leva, lui aussi.

— Je ne vois pas comment, mais je vous crois sur parole.

Ils se serrèrent la main.

Poirot sortit et héla un taxi.

— 111 Cheyne Lane, à Chelsea, ordonna-t-il au chauffeur.

11

Mrs LORRIMER

Cheyne Lane était une rue calme et le 111, une petite maison d'apparence coquette. Les marches du perron étaient remarquablement blanches, la porte peinte en noir, et le cuivre de la poignée et du heurtoir brillait au soleil de l'après-midi.

Une femme de chambre d'un certain âge, à la coiffe et au tablier d'un blanc immaculé, vint ouvrir.

À la question de Poirot, elle répondit que sa maîtresse était chez elle.

Elle le précéda dans un escalier étroit.

— Quel nom, monsieur ?

— M. Hercule Poirot.

Elle le fit entrer dans un classique salon en L. Poirot regarda autour de lui, notant chaque détail. Beau mobilier de famille, amoureusement encaustiqué. Chintz brillant sur les fauteuils et les canapés. Çà et là, quelques photographies dans des cadres en argent à l'ancienne mode. Sinon, de l'espace, de la lumière, et de magnifiques chrysanthèmes dans un grand vase.

Mrs Lorrimer vint à sa rencontre.

Elle lui serra la main sans manifester la moindre surprise, lui désigna un fauteuil, prit place elle-même et fit un commentaire approprié sur le temps.

Un silence suivit.

— J'espère, madame, que vous me pardonnerez cette visite.

Mrs Lorrimer le regarda bien en face et demanda :

— Est-ce une visite professionnelle ?

— Je l'avoue.

— Vous comprendrez, j'imagine, monsieur Poirot, que je suis disposée à donner au superintendant Battle et à la police officielle tous les renseignements et toute l'aide dont ils pourraient avoir besoin, mais que je ne suis pas tenue de traiter de la même façon un enquêteur non officiel ?

— J'en suis tout à fait conscient, madame. Si vous me montrez la porte, je marcherai droit sur elle avec soumission.

Mrs Lorrimer esquissa un sourire furtif.

— Je ne suis pas encore prête à ces extrémités, monsieur Poirot. Je peux vous accorder dix minutes. Après cela, je dois me rendre à un bridge.

— Dix minutes seront amplement suffisantes. Je voudrais, madame, que vous me décriviez la pièce dans laquelle vous avez joué au bridge l'autre soir, celle où Mr Shaitana a été tué.

Mrs Lorrimer leva les sourcils :

— Quelle étrange question ! Je n'en saisis pas le but.

— Quand vous jouez au bridge, madame, si quelqu'un vous demandait : « Pourquoi jouez-vous cet as ? », ou « Pourquoi mettez-vous le valet sur la table, qui va être pris par la dame, au lieu du roi qui l'aurait emporté ? », la réponse à pareilles questions risquerait d'être longue et fastidieuse, non ?

Mrs Lorrimer sourit.

— Ce qui signifie que, dans le jeu qui vous occupe, c'est vous l'expert et moi la novice ? Très bien. (Elle réfléchit un instant.) C'était une grande pièce, bourrée de choses.

— Pourriez-vous m'en décrire quelques-unes ?

— Il y avait des fleurs en verre... modernes... assez jolies... Je crois qu'il y avait aussi des estampes chinoises ou japonaises. Et puis un vase rempli de petites tulipes rouges, étonnamment précoces d'ailleurs.

— Rien d'autre ?

— Je n'ai pas bien fait attention aux détails.

— Et le mobilier... vous souvenez-vous de la couleur des tissus ?

— Une matière soyeuse, il me semble. C'est tout ce que je peux dire.

— Avez-vous remarqué les bibelots ?

— Non. Il y en avait tellement ! Je sais que j'en ai été frappée. On aurait dit l'antre d'un collectionneur.

Après un silence, Mrs Lorrimer reprit, avec un léger sourire :

— Je crains de ne pas vous avoir été très utile.

— Encore autre chose, dit Poirot en sortant ses marques de bridge. Voici les trois premières parties. Pourriez-vous, à l'aide de ces scores, m'aider à reconstituer les jeux ?

— Laissez-moi voir, dit Mrs Lorrimer, l'air très intéressé. Celle-là, c'est la première partie. Je jouais avec miss Meredith contre les deux hommes. Nous avons d'abord demandé quatre piques, que nous avons gagnés avec une levée de mieux. Le jeu suivant s'est arrêté à deux carreaux et le Dr Roberts a chuté d'un. Je me rappelle que le troisième coup a donné lieu à de nombreuses annonces : miss Meredith a passé. Le major Despard a demandé un cœur. J'ai passé. Le Dr Roberts a sauté à trois trèfles. Miss Meredith a demandé trois piques. Le major Despard, quatre carreaux. J'ai contré. Le Dr Roberts a demandé quatre cœurs à la place. Il a chuté d'un.

— Épatant ! s'écria Poirot. Quelle mémoire !

Mrs Lorrimer poursuivit, sans faire attention à lui.

— La fois suivante, le major Despard a passé et j'ai ouvert d'un sans atout. Le Dr Roberts a demandé trois cœurs. Ma partenaire n'a rien dit. Despard a poussé son partenaire jusqu'à quatre. J'ai contré et ils ont chuté de deux levées. Ensuite, j'ai distribué les cartes et nous avons réussi quatre piques.

Elle prit la seconde feuille.

— Elle est difficile, celle-là, dit Poirot. Le major Despard barre les scores au fur et à mesure.

— Je crois que chaque camp a perdu cinquante points pour commencer, ensuite le Dr Roberts est monté à cinq carreaux, nous avons contré et l'avons fait chuter de trois. Puis nous avons réussi trois trèfles, mais, tout de suite après, les autres ont emporté à pique. Nous avons gagné la seconde manche avec cinq trèfles. Puis nous avons chuté de cent. Les autres ont réussi un cœur, nous deux sans atout et finalement nous avons gagné la partie sur une annonce de quatre trèfles.

Elle s'empara de la feuille suivante.

— Je me souviens que cette partie a été très disputée. Elle avait débuté de façon insipide. Le major Despard et miss Meredith avaient commencé par un cœur. Ensuite, nous avons chuté deux fois en essayant quatre cœurs et quatre piques. Puis les autres ont réussi la manche à pique — rien à faire pour les contrer. Après ça nous avons chuté trois fois de suite, mais non contrés. Puis nous avons gagné la seconde manche à sans atout. C'est alors qu'une bataille royale s'est engagée. Chaque camp a chuté à tour de rôle. Le Dr Roberts forçait ses annonces, mais bien qu'il ait lourdement chuté une ou deux fois, sa méthode a porté ses fruits car il a réussi à effrayer miss Meredith et à l'empêcher d'annoncer. Ensuite, il a demandé deux piques, je lui ai répondu par trois carreaux, il a répliqué par quatre sans atout, j'ai demandé cinq piques et, tout à coup, il a grimpé à sept carreaux. On nous a contrés, bien entendu. Rien ne l'autorisait à faire une annonce pareille. Par une espèce de miracle, nous l'avons emporté. Je n'aurais jamais cru que ce serait faisable quand il a étalé son jeu. Si nos adversaires avaient entamé à cœur, nous aurions chuté de trois levées. Mais ils ont joué le roi de trèfle et j'ai gagné. Le jeu a été passionnant.

— Je crois bien... un grand chelem vulnérable et contré ! Cela crée des émotions ! J'avoue que, moi, je n'ose jamais demander le grand chelem. Je me contente du jeu normal.

— Oh, mais vous avez tort ! s'écria Mrs Lorrimer avec énergie. Il faut jouer le jeu.

— Prendre des risques, vous voulez dire ?

— Si les annonces sont justes, il n'y a aucun risque. Cela tient de la certitude mathématique. Malheureusement, les bons annonceurs sont rares. Ils savent ouvrir, mais ensuite ils perdent la tête. Ils sont incapables de distinguer un jeu avec des cartes gagnantes d'un jeu avec des cartes non perdantes — mais je ne vais pas vous faire un cours sur le bridge, ou sur la manière de perdre, monsieur Poirot.

— Cela améliorerait certainement mon jeu, madame.

Mrs Lorrimer se remit à l'étude des scores.

— Après un pareil émoi, les autres parties ont paru fades. Avez-vous la quatrième ? Ah, oui. Un combat acharné — personne ne se laissait jamais distancer.

— C'est souvent le cas lorsque la soirée se prolonge.

— Oui, on commence sagement, puis on se déchaîne.

Poirot reprit ses feuilles et s'inclina.

— Je vous félicite, madame. Votre mémoire du jeu est prodigieuse... tout bonnement prodigieuse ! Vous vous rappelez, pour ainsi dire, chaque carte jouée !

— Je crois, oui.

— La mémoire est un don merveilleux. Avec elle, le passé n'est jamais du passé... J'imagine, madame, que le passé se déroule devant vous comme si tous les événements avaient eu lieu hier ? C'est bien ça ?

Elle lui jeta un rapide coup d'œil, le regard sombre. Cela ne dura qu'un instant, elle reprit aussitôt ses manières de femme du monde, mais Poirot en fut certain : son coup avait porté.

Mrs Lorrimer se leva.

— Il faut que je me sauve. Je suis désolée mais je ne peux pas arriver en retard...

— Oh, mais bien sûr, bien sûr. Pardonnez-moi d'avoir abusé de votre temps.

— Je regrette de n'avoir pas pu vous être plus utile.

— Mais vous m'avez été très utile.

— J'ai du mal à vous croire.

Elle avait parlé d'une voix ferme.

— Mais si. Vous m'avez dit quelque chose que je voulais savoir.

Elle ne demanda pas de quoi il s'agissait.

Poirot lui tendit la main.

— Merci pour votre patience, madame.

Tout en la lui serrant, elle dit :

— Vous êtes un homme extraordinaire, monsieur Poirot.

— Je suis tel que le bon Dieu m'a fait, madame.

— Comme nous tous, j'imagine.

— Pas du tout, madame. Certains d'entre nous essaient d'améliorer Son modèle. Mr Shaitana, par exemple.

— En quel sens ?

— Il avait un goût très sûr pour les objets d'art et le bric-à-brac, il aurait dû s'en contenter. Au lieu de quoi, il a collectionné d'autres choses.

— Quel genre de choses ?

— Eh bien... est-il permis de dire... les sensations ?

— Et vous ne pensez pas que c'était dans sa nature ?

Poirot secoua la tête avec gravité.

— Il jouait trop bien les démons. Mais ce n'était pas un démon. Au fond, il était stupide. Et... il en est mort.

— Parce qu'il était stupide ?

— C'est un péché qui est toujours puni et jamais pardonné, madame.

Il y eut un silence. Puis Poirot déclara :

— Je m'en vais. Mille mercis pour votre amabilité, madame. À moins que vous ne m'envoyiez chercher, je ne reviendrai plus.

Elle leva les sourcils.

— Seigneur Dieu, monsieur Poirot, pourquoi vous enverrais-je chercher ?

— Cela pourrait se faire. Une idée comme ça. Dans ce cas, je viendrais. Souvenez-vous-en.

Il s'inclina encore une fois et s'en fut.

Arrivé dans la rue, il se dit :

« J'ai raison... Je suis sûr que j'ai raison... Cela *doit* être ça. »

12

ANNE MEREDITH

Mrs Oliver s'extirpa non sans difficulté de son petit coupé automobile. Il faut bien avouer d'entrée de jeu que les constructeurs de voitures modernes s'imaginent que seuls des genoux de sylphides se glisseront sous le volant. Et c'est aussi la mode que d'être assis très bas. Cela étant, pour une femme d'âge mûr, aux proportions généreuses, sortir de sous ce volant exigeait des contorsions surhumaines. En second lieu, le siège du passager était encombré de cartes routières, d'un sac à main, de trois romans et d'un grand sac de pommes. Mrs Oliver avait un faible pour les pommes, et on racontait qu'elle s'était laissée aller jusqu'à en manger trois kilos d'affilée en imaginant le scénario compliqué de *Meurtre dans les égouts*. Dans un sursaut — et sous le coup des premiers effets d'un dérangement intestinal —, elle était revenue sur terre une heure et dix minutes après le rendez-vous fixé pour un banquet donné en son honneur.

Après un dernier effort et une vigoureuse poussée du genou contre une portière récalcitrante, Mrs Oliver déboula un peu trop brusquement sur le trottoir, devant la barrière de Wendon Cottage, accompagnée d'une pluie de trognons de pommes.

Elle poussa un profond soupir, rejeta en arrière son chapeau de feutre qui prit un angle incongru, regarda avec satisfaction le tailleur de tweed qu'elle avait pensé à mettre, fronça les sourcils en voyant qu'elle avait conservé par distraction ses chaussures de ville à talons hauts, et, ouvrant la barrière de Wendon Cottage, marcha dans l'allée pavée jusqu'à la porte d'entrée. Elle appuya sur la sonnette et exécuta un joyeux toc-toc-toc avec le heurtoir — objet au charme vieillot en forme de tête de crapaud.

Comme rien ne se passait, elle réitéra son manège.

Après une nouvelle attente d'une minute et demie, Mrs Oliver partit d'un pas vif pour un voyage d'exploration autour de la maison.

Derrière la villa, elle trouva un petit jardin à l'ancienne, fleuri d'asters d'automne et de chrysanthèmes épars. Au-delà, un champ. Et au-delà du champ, une rivière. Le soleil était chaud pour un jour d'octobre.

Deux jeunes filles venaient vers elle à travers champs. La première à franchir la barrière du jardin s'arrêta net.

Mrs Oliver alla à sa rencontre.

— Comment allez-vous, miss Meredith ? Vous vous souvenez de moi, non ?

— Oh, mais bien sûr, répondit celle-ci en lui tendant la main.

Elle ouvrait de grands yeux étonnés. Mais elle se ressaisit bien vite.

— Voici miss Dawes, l'amie qui habite avec moi. Rhoda, je te présente Mrs Oliver.

Rhoda était grande, brune et bien plantée. Elle s'écria, ravie :

— Oh ! vous êtes *la* Mrs Oliver ? Ariadne Oliver ?

— C'est bien moi, répondit cette dernière, qui ajouta pour Anne : Allons nous asseoir quelque part, mon petit. J'ai beaucoup de choses à vous dire.

— Bien sûr. Nous allons prendre le thé...

— Le thé peut attendre, répliqua Mrs Oliver.

Anne la conduisit jusqu'à un petit groupe de fauteuils en osier, tous plutôt délabrés. Mrs Oliver, qui avait connu des infortunes diverses avec des meubles de jardin décatis, prit bien garde de choisir le plus solide.

— Et maintenant, mon petit, dit-elle avec vivacité, ne tournons pas autour du pot. Il s'agit du meurtre de l'autre soir. Il faut nous y mettre, faire quelque chose.

— Faire quelque chose ? répéta Anne.

— Évidemment. Je ne sais pas ce que *vous* pensez,

mais moi je n'ai pas le moindre doute. Le coupable, c'est le médecin. Comment s'appelle-t-il déjà ? Roberts. C'est ça, Roberts. Un nom gallois. Je ne fais pas confiance aux Gallois. J'ai eu une nurse galloise. Elle m'a emmenée à Harrogate un jour, et elle est rentrée en m'ayant perdue en route. Une instable. Mais peu importe. C'est Roberts le coupable — voilà toute la question, et nous devons joindre nos efforts pour le prouver.

Rhoda Dawes éclata soudain de rire — puis rougit.

— Pardonnez-moi. Mais vous êtes... vous êtes si différente de ce que j'imaginais !

— Vous êtes déçue, je présume, déclara Mrs Oliver avec sérénité. J'ai l'habitude. Peu importe. Ce qu'il faut que nous fassions, c'est prouver que Roberts est bien celui qui a fait le coup.

— Mais comment ça ? demanda Anne.

— Allons ! ne sois pas si défaitiste, Anne ! s'écria Rhoda Dawes. Mrs Oliver est mervellleuse ! Évidemment, elle connaît l'art et la manière. Elle va faire exactement comme Sven Hjerson.

Mrs Oliver rougit quelque peu en entendant mentionner son célèbre détective finlandais.

— Il faut agir, reprit-elle. Je vais vous dire pourquoi, mon enfant. Vous ne voudriez pas qu'on pense que c'est *vous* ?

— Pourquoi penserait-on ça ? demanda Anne, le feu aux joues.

— Vous savez comment sont les gens ! répliqua Mrs Oliver. Les trois innocents seront aussi suspects que le coupable.

— Je ne vois toujours pas pourquoi vous êtes venue me voir *moi,* Mrs Oliver, dit Anne d'un air malheureux.

— Parce que, à mon avis, les deux autres n'ont aucune importance ! Mrs Lorrimer est une de ces femmes qui passent leur vie dans leur club de bridge. Les femmes de cette espèce sont *forcément* protégées par un blindage, elles sont en mesure de se défendre toutes seules. De toute façon, elle est vieille. Qu'on la croie coupable n'a plus guère d'importance. Pour une jeune fille, c'est différent. Elle a sa vie devant elle.

— Et le major Despard ? demanda Anne.

— Bah ! C'est un homme ! Je ne me fais jamais de souci pour les hommes. Qu'ils se débrouillent tout seuls. Ils font ça remarquablement bien, si vous voulez mon avis. D'ailleurs, le major Despard adore le danger. Et comme ça, il trouve son plaisir à domicile, au lieu d'aller le chercher sur l'Irrawaddy... à moins que ce ne soit le Limpopo ? Vous savez, ce fleuve jaunâtre, en Afrique, dont les hommes raffolent tellement. Non, je ne me casse pas la tête pour ces deux-là.

— Vous êtes trop gentille pour moi, murmura Anne.

— Ce crime est une atrocité, décréta Rhoda. Anne, qui est très sensible, en a été retournée. Et je pense que vous avez raison, Mrs Oliver. Il vaut mieux faire quelque chose que de rester plantée là comme une souche, à remuer tout ça dans sa tête.

— Mais bien sûr, répliqua Mrs Oliver. Pour vous avouer toute la vérité, je ne me suis jamais trouvée face à un vrai meurtre. Et pour ne pas cesser de dire la vérité, je ne crois pas qu'un vrai meurtre soit tout à fait de mon ressort. J'ai tellement l'habitude de truquer les cartes, si vous voyez ce que je veux dire. Mais je ne vais tout de même pas rester en dehors de tout ça et laisser tout le plaisir aux trois hommes. J'ai toujours dit que s'il y avait une femme à la tête de Scotland Yard...

— Oui ? demanda Rhoda en se penchant, bouche bée. Si vous étiez à la tête de Scotland Yard, vous feriez quoi ?

— J'arrêterais illico le Dr Roberts...

— Ah bon ?

— Enfin bref, je ne suis pas à la tête de Scotland Yard, dit Mrs Oliver, en se retirant de ce terrain mouvant. Je ne suis qu'une citoyenne moyenne...

— Oh, ce n'est vraiment pas le mot ! s'écria Rhoda, qui ne possédait qu'imparfaitement l'art de manier les compliments.

— Nous voici donc, trémola Mrs Oliver, trois citoyennes moyennes — trois femmes, en un mot. Voyons un peu jusqu'où nous saurons nous élever en joignant nos trois cerveaux.

Songeuse, Anne Meredith s'enquit :

— Pourquoi pensez-vous qu'il s'agit du Dr Roberts ?

— Parce que c'est le genre d'homme à ça, répliqua aussitôt Mrs Oliver, catégorique.

— Vous ne croyez pourtant pas..., hésita Anne. Est-ce qu'un médecin... je veux dire que du poison ou quelque chose dans ce goût-là serait beaucoup plus facile pour lui.

— Pas du tout ! Un poison... ou n'importe quelle drogue désignerait aussitôt le médecin. Rappelez-vous comme ils sont toujours en train d'abandonner des poisons dangereux dans leur voiture, à travers tout Londres, rien que pour le plaisir de se les faire voler. Non, c'est justement parce qu'il est médecin qu'il a pris soin d'éviter tout procédé médical.

— Je vois, dit Anne, sceptique... Mais pourquoi voulait-il tuer Mr Shaitana ? Vous en avez une idée ?

— Une idée ? J'ai un tas d'idées. C'est justement mon problème. C'est ça qui a toujours été mon problème. Je n'ai jamais été capable d'imaginer un scénario à la fois. Il m'en vient toujours quatre ou cinq, et c'est un drame d'avoir à choisir entre eux. J'ai six merveilleuses explications du meurtre. L'ennui, c'est que je n'ai aucun moyen de savoir laquelle est la bonne. Primo, Mr Shaitana était peut-être un usurier. Il avait un côté très onctueux. Il tenait Roberts dans ses griffes et celui-ci l'a tué parce qu'il ne pouvait pas le rembourser. Ou alors, Shaitana avait ruiné sa sœur ou sa fille. Ou encore Roberts était bigame, et Shaitana le savait. Il n'est également pas exclu que Roberts ait épousé la petite cousine de Shaitana et que, grâce à elle, il devait hériter de toute sa fortune. Ou bien... j'en suis à combien ?

— Quatre, dit Rhoda.

— Ou bien — en voilà une excellente — supposons que Shaitana ait découvert un secret dans le passé de Roberts. Vous ne l'avez peut-être pas remarqué, mon petit, mais Shaitana a dit quelque chose d'assez bizarre pendant le dîner, juste avant un étrange silence.

Anne, qui taquinait une chenille, s'arrêta.

— Je ne m'en souviens pas, déclara-t-elle.

— Qu'est-ce qu'il a dit ? demanda Rhoda.

— Quelque chose à propos... de quoi déjà ?... d'un accident et d'un empoisonnement.

La main d'Anne se crispa sur le bras de son fauteuil.

— Je me rappelle en effet quelque chose de ce genre, dit-elle d'un ton posé.

— Ma chérie, dit soudain Rhoda, tu devrais mettre un manteau. On n'est plus en été, tu sais. Va en chercher un.

Anne secoua la tête.

— Je n'ai pas froid, dit-elle.

Mais elle frissonnait.

— Vous comprenez ma théorie ? poursuivit Mrs Oliver. Un des patients du docteur s'empoisonne par accident. Mais bien sûr, en réalité, c'est l'œuvre du docteur. Il a sans doute tué un grand nombre de gens de cette façon-là.

Anne s'empourpra soudain.

— Est-ce que les médecins ont l'habitude de tuer leurs patients en masse ? Cela n'aurait-il pas un effet regrettable sur la clientèle ?

— Il devait bien y avoir une raison, cela va de soi, répondit Mrs Oliver en restant dans le vague.

— Je pense que c'est une idée absurde, décréta Anne d'un ton cassant. D'une absurdité totale et mélodramatique.

— Oh, Anne ! s'écria Rhoda, au supplice.

Elle regarda Mrs Oliver. Comme ceux d'un épagneul, ses yeux tentaient de lui transmettre un message ! « Essayez de comprendre. Essayez de comprendre », répétaient-ils.

— Je pense que c'est une idée de génie, Mrs Oliver, dit Rhoda du ton le plus sérieux. Et un médecin est à même de se procurer des trucs tout à fait indécelables, non ?

— Oh ! s'exclama Anne.

Les deux autres tournèrent la tête vers elle.

— Il me revient autre chose, dit-elle. Mr Shaitana a parlé du champ de possibilités que les laboratoires offrent aux médecins. Il devait bien avoir une idée derrière la tête en disant ça.

Mrs Oliver secoua la tête.

— Ce n'est pas Mr Shaitana qui a abordé le sujet des laboratoires. C'est le major Despard.

Elle se retourna en entendant un bruit de pas dans l'allée.

— Ça, par exemple ! s'exclama-t-elle. Quand on parle du loup...

Le major Despard venait de tourner le coin de la maison.

13

DEUXIÈME VISITEUR

En apercevant Mrs Oliver, le major Despard fut un peu interloqué. Un violent rouge brique apparut sous son bronzage. Il s'adressa à Anne. L'embarras lui donnait un débit saccadé.

— Excusez-moi, miss Meredith, j'ai sonné. Personne n'a répondu. Je passais par là, j'ai pensé que je pouvais vous faire une visite.

— Désolée, répondit Anne. Nous n'avons pas de bonne — seulement une femme de ménage le matin.

Elle le présenta à Rhoda.

— Allons prendre le thé, déclara vivement celle-ci. Il commence à ne pas faire chaud. Il vaut mieux rentrer.

Ils pénétrèrent tous dans la maison. Rhoda disparut dans la cuisine.

— Quelle coïncidence, cette rencontre générale, ici, remarqua Mrs Oliver.

— Oui, répondit Despard avec lenteur.

Il l'observait d'un air songeur.

— Je disais à miss Meredith, poursuivit Mrs Oliver qui paraissait au comble de la satisfaction, que nous devions adopter un plan de campagne. À propos du meurtre, j'entends. Bien sûr, c'est le médecin qui a fait le coup. Vous n'êtes pas d'accord avec moi ?

— Difficile à dire... Ça manque d'indices, cette histoire.

Mrs Oliver prit son expression signifiant : « Ah, ces hommes ! »

Une certaine tension s'était instaurée. Mrs Oliver la

ressentit assez vite. Quand Rhoda revint avec le thé, elle se leva et déclara qu'elle devait retourner en ville. Non, c'était très aimable, mais elle ne prendrait pas le thé.

— Je vais vous laisser ma carte, dit-elle à Anne. La voilà, avec mon adresse. Venez me voir quand vous serez à Londres. Nous discuterons de tout ça et nous trouverons une astuce pour découvrir le fin mot de l'histoire.

— Je vous raccompagne, dit Rhoda.

Comme elles arrivaient à la barrière, Anne les rejoignit en courant.

— J'ai réfléchi, dit-elle.

Elle avait un air décidé très inhabituel.

— Oui, mon petit ?

— C'est très gentil de votre part de vous donner tout ce mal, Mrs Oliver, mais je préférerais ne rien entreprendre du tout. Je veux dire... tout cela est si horrible... Je voudrais tout oublier.

— Mais, ma chère enfant, la question est plutôt de savoir si on vous permettra de tout oublier !

— Oh, je me doute bien que la police ne va pas lâcher prise. Ils vont probablement venir me poser toutes sortes de questions. Je m'y attends. Mais moi, je préfère ne pas y penser et qu'on ne me le rappelle pas sans cesse. C'est sans doute de la lâcheté, mais c'est comme ça.

— Oh, Anne ! s'écria Rhoda.

— Je comprends très bien votre point de vue, répondit Mrs Oliver, mais je ne suis pas du tout sûre que ce soit sage. Livrée à elle-même, la police ne découvrira probablement jamais la vérité.

Anne Meredith haussa les épaules.

— Qu'est-ce que ça peut faire ?

— Comment, qu'est-ce que ça peut faire ? s'exclama Rhoda. Mais bien sûr que ça *fait*. N'est-ce pas, Mrs Oliver ?

— C'est bien le moins qu'on puisse dire ! trancha Mrs Oliver.

— Je ne suis pas d'accord, s'obstina Anne. Parmi mes amis et connaissances, personne ne me soupçonnera. Je ne vois pas pourquoi je m'en mêlerais. Trouver la vérité, c'est l'affaire de la police.

— Oh, Anne, ça c'est de la lâcheté ou je ne m'y connais pas !

— C'est en tout cas ma façon de voir. Merci beaucoup, Mrs Oliver, dit-elle en lui tendant la main. C'est très gentil de votre part de vous donner tout ce mal.

— Évidemment, si vous le prenez ainsi, je n'ai plus rien à ajouter, déclara gaiement Mrs Oliver. En tout cas, moi, je ne resterai pas les deux pieds dans le même sabot. Au revoir, mon petit. Venez me voir si vous changez d'avis.

Elle monta dans sa voiture et démarra en agitant la main.

Soudain Rhoda courut après la voiture et sauta sur le marchepied.

— Lorsque vous avez parlé de vous rendre visite à Londres, dit-elle, hors d'haleine, cela s'adressait seulement à Anne, ou bien à moi aussi ?

Mrs Oliver freina.

— À vous deux, bien sûr.

— Oh, merci ! Non, ne vous arrêtez pas... Je... je viendrai peut-être un jour... Il y a quelque chose... Non, ne vous arrêtez pas. Je peux sauter en marche.

Ce qu'elle fit. Et, agitant la main, elle retourna en courant jusqu'à la barrière où Anne l'attendait.

— Bon sang ! qu'est-ce que tu... commença-t-elle.

— C'est un amour ! s'écria Rhoda avec enthousiasme. Elle me plaît beaucoup. Elle avait de drôles de bas, tu as remarqué ? Je suis sûre qu'elle est terriblement intelligente. Elle doit l'être, pour écrire tous ces livres. Quelle histoire si elle découvrait la vérité tandis que la police et tous les autres s'embourberaient.

— Pourquoi est-elle venue ? demanda Anne.

Rhoda ouvrit de grands yeux.

— Ma chérie... elle t'a dit...

Anne fit un geste d'impatience.

— Il faut rentrer. J'ai oublié. Je l'ai laissé seul.

— Le major Despard ? Il a drôlement belle allure, non ?

— Oui, peut-être bien.

Elles remontèrent l'allée ensemble.

Le major Despard était debout près de la cheminée, sa tasse de thé à la main.

Il coupa court aux excuses d'Anne.

— Miss Meredith, laissez-moi vous expliquer ma présence...

— Oh... mais...

— Je vous ai dit que je passais par là, ce qui n'est pas tout à fait exact... Je suis venu exprès.

— Comment avez-vous eu mon adresse ?

— Par le superintendant Battle.

Comme Anne avait un léger mouvement de recul, il poursuivit très vite :

— Battle sera là d'une minute à l'autre. Je l'ai rencontré à Paddington. J'ai pris ma voiture et je me suis précipité. Je savais que je pouvais arriver plus vite que le train.

— Mais pourquoi ?

Despard n'hésita qu'un instant.

— C'est sans doute présomptueux de ma part, mais j'avais l'impression que vous étiez peut-être, comme on dit, « seule au monde ».

— Et moi, alors ? intervint Rhoda.

Despard lui lança un rapide coup d'œil. Cette jeune fille racée et un peu garçonnière qui l'écoutait avec attention, accoudée au manteau de la cheminée, lui plaisait. Elles étaient très séduisantes toutes les deux.

— Je suis certain qu'elle ne pourrait avoir amie plus dévouée, miss Dawes, dit-il avec courtoisie, mais il m'a semblé que dans des circonstances pareilles, les conseils d'un homme d'expérience ne seraient pas de trop. À parler franc, la situation est la suivante : miss Meredith est soupçonnée de meurtre. Ce qui vaut aussi pour moi, et pour les deux autres personnes présentes ce soir-là. C'est une situation très désagréable, qui présente des dangers et des difficultés que pourrait méconnaître quelqu'un d'aussi jeune et inexpérimenté que vous, miss Meredith. À mon avis, vous devriez vous en remettre à un bon avocat. Peut-être l'avez-vous déjà fait ?

Anne Meredith secoua la tête.

— Je n'y ai même pas pensé.

— C'est ce que je craignais. Connaissez-vous quelqu'un de bien à Londres ?

De nouveau, Anne secoua la tête.

— Je n'ai jamais eu besoin d'avocat.

— Il y a bien Me Bury, intervint Rhoda. Mais il a cent vingt ans et il est gâteux.

— Si vous me permettez un conseil, miss Meredith, je vous suggérerais d'aller voir Me Mytherne, mon propre avocat. Jacobs, Peel & Jacobs, c'est le nom de son cabinet. Ce sont des gens de grande compétence, qui connaissent toutes les ficelles.

Anne avait pâli. Elle s'assit.

— Est-ce vraiment nécessaire ? demanda-t-elle à voix basse.

— Je suis formel. La loi fourmille d'embûches.

— Ces gens sont-ils... très chers ?

— Quelle importance, Anne ? s'écria Rhoda. Cela ira très bien, major Despard. Tout ce que vous dites est juste. Il faut qu'Anne soit protégée.

— Leurs honoraires seront tout à fait raisonnables, assura le major. Je pense vraiment que c'est la sagesse, miss Meredith, ajouta-t-il gravement.

— Très bien, répondit Anne. Je le ferai, si vous y tenez.

— Parfait.

— C'est très gentil de votre part, major Despard, dit Rhoda avec chaleur. Vraiment très, très gentil.

— Merci, murmura Anne...

Après avoir hésité, elle ajouta :

— Vous avez dit que le superintendant Battle allait arriver ?

— Oui. Ne vous inquiétez pas. C'est inévitable.

— Oh, je sais. D'ailleurs, je m'y attendais.

— Pauvre chérie, ça l'a anéantie, cette histoire, s'emporta Rhoda. C'est honteux... Et tellement injuste !

— Je suis d'accord, répondit le major. C'est ignoble d'entraîner une jeune fille dans une affaire de ce genre. Quitte à planter un couteau dans le corps de Shaitana, on aurait pu choisir un autre endroit, ou un autre moment.

— Qui a fait le coup, selon vous ? demanda carrément Rhoda. Le Dr Roberts, ou cette Mrs Lorrimer ?

Un vague sourire agita la moustache du major.

— Ça pourrait être moi, pour ce que vous en savez.

— Oh, non ! se récria Rhoda. Anne et moi savons très bien que ce n'est pas vous.

Il les regarda d'un œil bienveillant.

« De braves filles. Touchantes de confiance. Une petite créature timide, cette jeune Meredith. Ça ne fait rien, Mytherne verra clair en elle. L'autre est une bagarreuse. À la place de son amie, elle ne se serait sans doute pas laissé démonter. Gentilles filles. Il faudrait en savoir plus sur leur compte. »

Ces idées lui traversèrent l'esprit. Puis, tout haut, il déclara :

— Ne prenez jamais rien pour argent comptant, miss Dawes. Je n'accorde pas autant de valeur à la vie humaine que la plupart des gens. Tous ces comptes rendus hystériques que l'on fait à propos des morts sur la route, par exemple. Circulation, microbes, n'importe quoi, l'homme est perpétuellement en danger. Mourir de ça ou d'autre chose, cela revient au même. Mais à partir du moment où l'on se dorlote, où l'on a comme devise : « Sécurité avant tout », on est déjà mort, à mon avis.

— Oh ! je suis bien d'accord avec vous ! s'écria Rhoda. Je trouve qu'on devrait affronter de terribles dangers... à condition d'en avoir l'occasion, bien sûr. La vie est plutôt fade, dans l'ensemble.

— Cela dépend des moments.

— Pour vous, oui. Vous allez dans des coins perdus, vous vous faites lacérer par des tigres, vous tirez sur tout ce qui passe, les poux des sables s'enfoncent dans vos doigts de pied, vous êtes piqué par les insectes, c'est très inconfortable mais terriblement excitant !

— Eh bien, miss Meredith a eu aussi sa part d'excitation. Je ne pense pas que vous ayez eu souvent l'occasion de vous trouver dans la pièce même où un meurtre se commettait...

— Oh, arrêtez ! s'écria Anne.

— Désolé, s'excusa précipitamment le major.

Mais Rhoda déclara en soupirant :

— Évidemment, c'est atroce !... mais tellement excitant d'un autre côté ! Je crains qu'Anne n'apprécie pas beaucoup cet autre aspect. En revanche, je pense que Mrs Oliver est folle de joie d'avoir assisté à cette soirée.

— Mrs... ? Ah oui, votre volumineuse amie qui écrit les aventures de ce Finlandais au nom imprononçable. Est-ce qu'elle essaye de se faire la main en jouant au détective pour de vrai ?

— Elle en a bien l'intention.

— Eh bien, souhaitons-lui bonne chance. Ce serait drôle qu'elle dame le pion à Battle & Co.

— À quoi ressemble le superintendant Battle ? demanda Rhoda, curieuse.

— C'est un homme extraordinairement astucieux, répondit Despard avec sérieux. Un homme d'une remarquable habileté.

— Ah ! fit Rhoda. Anne dit qu'il a l'air plutôt stupide.

— Cela fait partie des trucs du métier, j'imagine. Mais ne nous y trompons pas. Battle est loin d'être un imbécile.

Il se leva.

— Bon, il faut que je m'en aille. J'aimerais vous dire encore une chose.

Anne s'était levée aussi.

— Oui ? dit-elle en lui tendant la main.

Despard resta un instant silencieux, à choisir ses mots avec soin. Il garda sa main dans la sienne et la regarda droit dans ses beaux yeux gris.

— N'y voyez pas d'offense, dit-il, mais je voudrais vous dire ceci : il est humainement possible que vous ne teniez pas à ce que certains aspects de vos relations avec Shaitana paraissent au grand jour. Dans ce cas — ne vous fâchez pas, s'il vous plaît (il avait senti qu'elle retirait instinctivement sa main) — vous êtes dans votre droit en refusant de répondre aux questions de Battle en dehors de la présence de votre avocat.

Anne reprit sa main. Ses yeux gris étaient devenus noirs de colère.

— Il n'y a rien... absolument *rien*. Je connaissais à peine ce sale type.

— Excusez-moi, dit le major Despard. Il m'a semblé que je devais vous le signaler.

— C'est vrai, intervint Rhoda. Anne ne le connaissait presque pas. Elle ne l'aimait pas beaucoup, mais il donnait de si belles réceptions !

— Cela semble bien avoir été la seule justification de l'existence de feu Mr Shaitana, répliqua le major d'un air sombre.

— Le superintendant Battle peut me demander tout ce qu'il voudra, déclara Anne d'un ton froid, je n'ai rien à cacher... *rien*.

— Je vous en prie, pardonnez-moi, dit gentiment le major.

Elle le regarda. Sa colère tomba. Elle sourit... un sourire charmant.

Elle lui rendit sa main. Il la prit et déclara :

— Nous sommes dans le même bateau, vous savez. Nous devrions être amis...

Ce fut Anne qui l'accompagna à la porte. En revenant, elle aperçut Rhoda qui regardait par la fenêtre en sifflotant. Celle-ci se retourna quand elle l'entendit entrer dans la pièce.

— Il est terriblement séduisant, Anne !

— Il est sympathique, non ?

— Bien plus que ça... Je suis en train de devenir folle de lui. Pourquoi n'étais-je pas à ta place à cette fichue soirée ? Cela m'aurait tellement plu ! Le filet qui se resserre autour de moi... l'ombre de l'échafaud...

— Ça m'étonnerait, grinça Anne. Tu dis vraiment n'importe quoi.

Elle poursuivit d'une voix plus douce :

— C'est très gentil à lui d'avoir fait tout ce chemin pour une étrangère... pour une fille qu'il n'avait vue qu'une fois.

— Tu lui as tapé dans l'œil. C'est manifeste. Les hommes n'ont jamais de ces gentillesses totalement désintéressées. Il ne serait pas venu traîner ses guêtres dans les parages si tu louchais et si tu étais couverte de boutons.

— Tu ne crois pas ?

— Bien sûr que non, grosse bête. Mais Mrs Oliver est beaucoup plus désintéressée, elle.

— Je ne l'aime pas, dit Anne tout à trac. Elle me fait une drôle d'impression... Je me demande pourquoi elle est venue.

— Voilà bien le proverbial manque de confiance envers son propre sexe. Le major y avait sans doute lui aussi un intérêt, si on va par là.

— Je suis sûre que non ! répliqua Anne avec chaleur.

Puis elle rougit tandis que Rhoda Dawes éclatait de rire.

14

TROISIÈME VISITEUR

Le superintendant Battle arriva à Wallingford vers 6 heures. Avant d'interroger Anne Meredith, il avait l'intention de faire son profit des ragots locaux.

Il n'eut aucune difficulté à glaner des renseignements. Sans se laisser aller à la moindre déclaration compromettante, le superintendant s'arrangea pour donner des aperçus variés de sa situation dans l'existence.

Deux personnes au moins auraient pu jurer leurs grands dieux qu'il était un entrepreneur londonien venu voir comment ajouter une nouvelle aile au cottage, un autre vous aurait garanti qu'il était « un de ces amateurs de week-ends à la recherche d'une maison meublée » et deux autres encore auraient certifié qu'il était le représentant d'une société de construction de courts de tennis en dur.

Toutes les informations que le superintendant put réunir se révélèrent favorables.

« Wendon Cottage ? Oui, bien sûr, c'est sur la route de Malbury. Vous ne pouvez pas le rater. Oui, deux jeunes filles. Miss Dawes et miss Meredith. Des jeunes filles très charmantes. Le genre sans histoires. »

« Si elles sont là depuis longtemps ? Ben, non, pas si longtemps que ça. Un peu plus de deux ans. Elles sont arrivées en septembre. Elles ont acheté sa maison au vieux Pickersgill. Il n'y mettait plus beaucoup les pieds depuis la mort de sa femme. »

L'informateur du superintendant n'avait jamais

entendu dire qu'elles étaient du Northumberland. Lui, il aurait parié qu'elles venaient de Londres. Elles étaient bien vues dans les environs, même s'il y avait encore des gens vieux jeu pour estimer que deux jeunes filles ne devraient pas vivre seules. En tout cas elles étaient tout ce qu'il y a de convenables. Elles ne faisaient pas partie de ces bandes de soiffards du week-end. Miss Dawes était la plus délurée, miss Meredith la plus tranquille. Oui, c'était miss Dawes qui payait les factures. C'était elle qui avait l'argent.

L'enquête du superintendant le conduisit inévitablement, au bout du compte, chez Mrs Astwell, qui « vaquait » chez les demoiselles de Wendon Cottage.

Mrs Astwell était loquace.

« Oh, non, monsieur. Ça m'étonnerait qu'elles veuillent vendre. Pas si vite. Elles ne sont là que depuis deux ans. Oui, monsieur, je m'occupe d'elles depuis le début. De 8 à 12, voilà mes heures... Très gentilles, très vivantes aussi, toujours prêtes à rire ou à plaisanter. Pas chichiteuses pour deux sous. »

« Ma foi, je ne sais pas trop si c'est la miss Dawes que *vous* connaissiez, monsieur... la même *famille,* je veux dire. Il me semble qu'elle est du Devonshire. Elle reçoit de temps en temps de la crème de là-bas et elle dit que ça lui rappelle son enfance. Alors je pense que ça doit être ça. »

« Comme vous dites, monsieur, c'est triste de voir de nos jours tant de jeunes filles obligées de gagner leur pain quotidien. Ces demoiselles ne sont pas ce qu'on appelle riches, mais elles mènent une bonne petite vie. C'est miss Dawes qui a l'argent, bien sûr. Miss Anne est sa demoiselle de compagnie, comme qui dirait. Le cottage appartient à miss Dawes. »

« Je ne sais pas au juste d'où vient miss Anne. Je l'ai entendue parler de l'île de Wight et je sais qu'elle n'aime pas le nord de l'Angleterre. Je sais aussi qu'elle est allée avec miss Dawes dans le Devon parce que je les ai entendues plaisanter à propos des collines et parler des criques et des plages. »

Elle était intarissable. De temps en temps, le superintendant prenait mentalement quelques notes. Plus tard, il gribouilla deux ou trois signes sibyllins sur son calepin.

À 8 heures et demie, ce soir-là, il s'engagea dans l'allée qui menait à Wendon Cottage et frappa à la porte.

Une grande fille brune en robe de cretonne orange vint lui ouvrir.

— Miss Meredith habite bien ici ? demanda le superintendant Battle.

Il avait plus que jamais son air service-service et son visage de bois.

— Oui.

— J'aimerais lui parler, s'il vous plaît. Superintendant Battle.

Il fut aussitôt gratifié d'un regard inquisiteur.

— Entrez, dit Rhoda Dawes en s'effaçant.

Assise au coin du feu dans un bon fauteuil, Anne Meredith buvait son café à petites gorgées. Elle portait un ensemble d'intérieur en crêpe de Chine brodé.

— C'est le superintendant Battle, dit Rhoda en introduisant son hôte.

Anne se leva et alla à sa rencontre, la main tendue.

— Il est un peu tard pour une visite, s'excusa Battle. Mais je voulais être sûr de vous trouver, et avec ce beau temps...

Anne sourit.

— Vous voulez un peu de café ? Va chercher une autre tasse, Rhoda.

— C'est très aimable à vous, miss Meredith.

— Nous sommes assez fières de notre café, dit Anne.

Le superintendant prit place dans le fauteuil qu'elle lui indiqua. Rhoda apporta une tasse et Anne servit le policier. Le crépitement du feu et les fleurs dans les vases firent bonne impression sur le superintendant.

L'atmosphère était charmante. Anne semblait à son aise, et l'autre fille continuait à le dévorer des yeux.

— Nous vous attendions, dit Anne.

Elle s'était presque exprimée sur un ton de reproche. « Pourquoi m'avez-vous négligée ? » semblait-elle dire.

— Désolé, miss Meredith. J'ai été débordé par mon enquête.

— Fructueux, le résultat ?

— Pas particulièrement. Mais il faut ce qu'il faut. J'ai retourné le Dr Roberts sur le gril, si j'ose dire. De même Mrs Lorrimer. Et à présent c'est votre tour, miss Meredith.

Anne sourit.

— Je suis prête.

— Et le major Despard ? demanda Rhoda.

— On ne l'oubliera pas. Je vous le promets.

Il posa sa tasse et tourna les yeux vers Anne. Celle-ci se redressa légèrement dans son fauteuil.

— Je suis tout à vous, superintendant. Que voulez-vous savoir ?

— En gros, tout de vous, miss Meredith.

— Je suis quelqu'un de très respectable, fit Anne en souriant.

— Sa vie a été irréprochable, intervint Rhoda. J'en réponds.

— C'est très gentil de votre part, voulut bien admettre le superintendant Battle. Vous connaissez donc miss Meredith depuis longtemps ?

— Nous avons été à l'école ensemble. On dirait qu'il y a de ça des siècles, n'est-ce pas, Anne ?

— Il y a si longtemps que vous vous en souvenez à peine j'imagine, dit Battle en riant. Et maintenant, miss Meredith, j'ai bien peur d'avoir à rivaliser avec ces formulaires qu'on remplit pour obtenir un passeport.

— Je suis née... commença Anne.

— De parents pauvres mais honnêtes, déclara Rhoda.

Le superintendant Battle leva la main d'un air de reproche.

— Voyons, voyons, jeune fille.

— Rhoda chérie, la gronda Anne. Ce n'est pas le moment de plaisanter.

— Pardonnez-moi.

— Alors, miss Meredith, vous êtes née... où ça ?

— À Quetta, aux Indes.

— Ah, je vois. Vous êtes d'une famille de militaires ?

— Oui. Mon père était le major John Meredith. Ma mère est morte quand j'avais onze ans. Mon père a pris sa retraite lorsque j'avais quinze ans et s'est installé à

Cheltenham. J'avais dix-huit ans quand il est mort en me laissant pratiquement sans le sou.

Battle hocha la tête avec sympathie.

— Cela a dû être un choc pour vous, j'imagine.

— Plutôt. J'ai toujours su que nous n'étions pas riches, mais de là à découvrir que je n'avais pratiquement rien...

— Qu'avez-vous fait, miss Meredith ?

— J'ai dû trouver un emploi. On ne m'avait rien appris du tout et je n'étais pas très maligne. Je ne savais pas taper à la machine, je ne connaissais ni la sténo, ni quoi que ce soit. Une amie m'a trouvé une place chez des amis à elle : il s'agissait d'aider la maîtresse de maison, et de garder ses deux petits garçons pendant les vacances.

— Son nom, je vous prie ?

— Mrs Eldon, les Larches, Ventnor. J'y suis restée deux ans, puis les Eldon sont partis pour l'étranger. Alors j'ai travaillé chez Mrs Deering.

— Ma tante, précisa Rhoda.

— Oui, c'est Rhoda qui m'avait trouvé cette place. J'y ai été très heureuse. Rhoda venait souvent y passer quelques jours et nous nous amusions beaucoup.

— Quelle était votre situation, là ? Demoiselle de compagnie ?

— Oui, c'est à peu près ça.

— Plutôt aide-jardinière, intervint Rhoda. Ma tante Emily est folle de jardinage, expliqua-t-elle. Anne passait le plus clair de son temps à désherber et à planter des oignons dans tous les coins.

— Et vous avez quitté Mrs Deering ?

— Sa santé s'est aggravée et elle a eu besoin d'une véritable infirmière.

— Elle a un cancer, dit Rhoda. La pauvre, il lui faut de la morphine et tout un tas de cochonneries comme ça !

— Elle avait été très bonne pour moi. J'ai été désolée de la quitter, poursuivit Anne.

— Moi, je cherchais une maison, dit Rhoda, et quelqu'un pour la partager avec moi. Papa s'était remarié avec une femme qui n'était pas du tout mon genre.

Alors j'ai demandé à Anne de venir vivre avec moi et, depuis, elle ne m'a plus quittée.

— Voilà qui m'a tout l'air d'une vie irréprochable, dit Battle. Précisons quand même les dates. Vous m'avez dit que vous aviez passé deux ans chez Mrs Eldon. À propos, quelle est son adresse actuelle ?

— Elle vit en Palestine. Son mari travaille pour le gouvernement, je ne sais pas au juste à quoi.

— Je n'aurai pas de mal à le trouver. Après cela, vous êtes allée chez Mrs Deering ?

— J'y suis restée trois ans. Son adresse est Marsh Dene, Little Hembury, Devon.

— Bien. Vous avez donc vingt-cinq ans maintenant, miss Meredith. Reste encore un détail : le nom et l'adresse de deux personnes de Cheltenham qui vous auraient connus, vous et votre père.

Anne les lui fournit.

— À présent, parlons de votre voyage en Suisse — de votre rencontre avec Mr Shaitana. Vous étiez partie seule, ou avec miss Dawes ?

— Nous sommes parties ensemble. Nous sommes allées rejoindre des amis. Nous étions un groupe de huit personnes.

— Racontez-moi votre rencontre avec Mr Shaitana.

Anne fronça les sourcils.

— Il n'y a pas grand-chose à en dire. Il était là, c'est tout. Nous le connaissions comme on connaît les gens dans un hôtel. Il avait gagné le premier prix au bal costumé. Il était déguisé en Méphistophélès.

Le superintendant Battle soupira.

— Oui, ç'a toujours été son numéro favori.

— Il était vraiment extraordinaire, dit Rhoda. Il avait à peine besoin de maquillage.

Battle regarda tour à tour les deux jeunes filles.

— Laquelle de vous deux le connaissait le mieux ?

Anne hésita. Rhoda répondit :

— Au début, autant l'une que l'autre. C'est-à-dire très peu. Nous étions avec un groupe de skieurs, nous partions en randonnée toute la journée et, le soir, nous allions danser. Puis Shaitana a paru se toquer d'Anne. Il s'est mis à lui débiter des compliments à tout propos —

et hors de propos ! Inutile de dire que nous en avons tous fait des gorges chaudes.

— Je suis persuadée qu'il se livrait à ce numéro exprès pour m'ennuyer, dit Anne. Parce que je ne l'aimais pas. Je pense que ça l'amusait de me mettre dans l'embarras.

Rhoda éclata de rire.

— Nous expliquions à Anne qu'elle tenait là le beau mariage. Ça la rendait folle de rage.

— Si vous me donniez les noms des autres membres de votre groupe ? demanda Battle.

— Vous ne faites pas une confiance aveugle aux gens, on dirait, remarqua Rhoda. Pour vous, chacun des mots que nous prononçons est un mensonge pur et simple ?

L'œil du superintendant Battle s'alluma.

— En tout cas, je vais m'assurer qu'ils n'en sont pas, répliqua-t-il.

— Vous êtes vraiment du genre soupçonneux, repartit Rhoda.

Elle inscrivit quelques noms sur une feuille de papier qu'elle lui tendit.

Battle se leva.

— Eh bien, je vous remercie, miss Meredith. Comme dit miss Dawes, il semble que vous ayez mené une vie particulièrement irréprochable. Je ne pense pas que vous ayez beaucoup de soucis à vous faire. C'est bizarre, cette façon qu'a eue Mr Shaitana de changer d'attitude à votre égard. Pardonnez-moi cette question, mais vous a-t-il demandée en mariage... ou, euh... importunée d'une manière quelconque ?

— Il n'a pas tenté de la violer, si c'est ce que vous voulez dire, intervint Rhoda.

Anne avait rougi.

— Il ne s'est rien passé de ce genre, affirma-t-elle. Il a toujours été très poli et... très cérémonieux. C'était seulement ses manières étudiées qui me mettaient mal à l'aise.

— Et les petites choses qu'il disait, ses insinuations ?

— Oui... ou plutôt, non. Il n'insinuait rien.

— Pardonnez-moi. C'est ce que font généralement

les séducteurs professionnels. Eh bien, bonsoir, miss Meredith. Et merci encore. Excellent café. Bonsoir, miss Dawes.

— Et voilà, dit Rhoda quand Anne revint après avoir accompagné Battle à la porte. C'est fini, et cela n'a pas été si terrible. Il est gentil et paternel, et il ne te soupçonne pas le moins du monde. Je m'attendais à bien pire.

Anne se laissa tomber dans son fauteuil avec un soupir.

— Ça a marché comme sur des roulettes. C'était idiot de ma part d'en faire toute une histoire. Je m'imaginais qu'il allait essayer de m'avoir à l'intimidation... comme l'avocat de la couronne dans les pièces policières.

— Il a l'air de quelqu'un de sensé, répliqua Rhoda. Il doit très bien comprendre que tu n'es pas une meurtrière... Au fait, Anne, ajouta-t-elle après une hésitation, tu ne lui as pas dit que tu avais été à Combeacre. Tu as oublié ?

— Je ne pense pas que ce soit important, répondit lentement Anne. Je n'y suis restée que quelques mois. Et il n'y a plus personne qui me connaisse, là-bas. Je peux lui envoyer un mot pour le lui dire si tu crois que c'est nécessaire. Mais je ne pense pas que ce soit le cas. Laissons tomber.

— D'accord, si c'est comme ça que tu vois les choses.

Rhoda se leva et brancha la radio.

Une voix tonitruante annonçait :

« Vous venez d'entendre les Black Nubians qui vous ont interprété leur dernier succès *Pourquoi tu mens, poupée ?* »

15

LE MAJOR DESPARD

Le major Despard sortit de l'*Albany,* tourna dans Regent Street et sauta dans un autobus.

C'était l'heure creuse et de nombreux sièges étaient libres sur l'impériale. Despard alla s'installer à l'avant.

Il était monté dans l'autobus en marche. Celui-ci prit quelques passagers à l'arrêt suivant et poursuivit son chemin dans Regent Street.

Un deuxième voyageur grimpa les marches de l'impériale et alla s'asseoir à l'avant, de l'autre côté de la travée.

Despard n'avait pas fait attention à lui. Mais au bout de quelques minutes, une voix engageante murmura :

— Du haut d'un bus, on a une très bonne vue de Londres, n'est-ce pas ?

Despard tourna la tête. D'abord surpris, son visage s'éclaira soudain.

— Pardonnez-moi, monsieur Poirot, je ne vous avais pas reconnu. Vous avez raison, on a d'ici une excellente vue panoramique. Mais c'était encore mieux autrefois, avant qu'on ait construit ces cages vitrées.

— Vous avez beau dire, soupira Poirot, ce n'était pas toujours agréable quand il pleuvait et que l'intérieur était bondé. D'autant que, dans ce pays, les jours de pluie sont ce qui manque le moins.

— Bah ! la pluie n'a jamais fait de mal à personne.

— Vous faites erreur, répliqua Poirot. On a tôt fait d'attraper une fluxion de poitrine.

Despard sourit.

— Je vois que vous êtes un partisan du « couvrez-vous bien », monsieur Poirot.

Poirot était en effet bien équipé pour affronter les traîtrises de l'automne : il portait houppelande et cache-nez.

— C'est plutôt bizarre de tomber sur vous comme ça ! déclara Despard.

Il ne vit pas le sourire de Poirot dissimulé par son écharpe. Il n'y avait rien de bizarre dans cette rencontre. Ayant calculé l'heure à laquelle Despard devait quitter ses appartements, il l'avait attendu. Évitant prudemment de prendre l'autobus en marche, il avait couru après et était monté à l'arrêt suivant.

— C'est bien vrai, dit-il. Nous ne nous étions pas revus depuis cette soirée chez Mr Shaitana.

— Vous ne prêtez pas la main à l'enquête ? demanda Despard.

Poirot se gratta délicatement l'oreille.

— Je réfléchis, je réfléchis beaucoup. Courir à droite à gauche, enquêter, ça non. Cela ne convient ni à mon âge, ni à mon tempérament, ni à mon personnage.

— Vous réfléchissez, hein ? répliqua Despard de façon inattendue. Vous pourriez faire pire. On se hâte trop, de nos jours. Si on prenait le temps de réfléchir à un problème avant de s'y attaquer, il y aurait moins de gâchis.

— Est-ce comme ça que vous procédez dans la vie, major ?

— Le plus souvent, répondit l'autre avec simplicité. « Étudie la direction du vent, choisis ta route, pèse le pour et le contre, prends une décision... et n'en dévie pas. »

Sa bouche avait une expression résolue.

— Et, après ça, plus rien ne peut vous détourner de votre chemin ?

— Oh ! je n'ai pas dit ça. Rien ne sert de s'entêter. Si on a commis une erreur, il faut le reconnaître.

— Mais j'imagine que vous commettez rarement des erreurs, major Despard.

— Nous en commettons tous, monsieur Poirot.

— Quelques-uns d'entre nous en commettent moins

que d'autres, remarqua Poirot avec une certaine froideur, due sans doute au « tous » dont le major s'était servi.

Despard le regarda, sourit et demanda :

— Vous ne commettez donc jamais d'erreurs, monsieur Poirot ?

— J'ai commis la dernière il y a vingt-huit ans, répondit Poirot avec dignité. Et encore les circonstances étaient telles que... mais peu importe.

— C'est un bon score, remarqua Despard qui ajouta : Et la mort de Shaitana ? Elle ne compte pas, j'imagine, puisque vous n'êtes pas officiellement chargé de l'affaire.

— Cela ne me concerne pas, non, mais quand même, cela offense mon amour-propre. Qu'un meurtre soit perpétré sous mon nez... par quelqu'un qui se moque de mon habileté à le résoudre, je considère cela comme une insulte.

— Pas seulement sous *votre* nez, répliqua Despard d'un ton ironique. Sous le nez aussi de la police criminelle.

— Cela a probablement été une grave erreur. Ce brave superintendant Battle a peut-être l'air d'un crétin taillé dans du bois, mais ce qu'il a dans la tête, ce n'est pas du bois, et de loin.

— Je suis d'accord avec vous. Son flegme n'est qu'une façade. C'est un policier très intelligent et très capable.

— Et qui déploie une grande activité dans cette affaire.

— Oh, pour être actif, il est actif ! Vous voyez cet individu paisible à l'allure militaire, là-bas, dans le fond ?

Poirot tourna la tête.

— Il n'y a personne, à part nous deux.

— Eh bien, alors, c'est qu'il est en bas. Il ne me lâche pas d'une semelle. Un type très efficace. De temps à autre, il change de personnage. Du travail d'artiste.

— Oui, mais vous l'avez repéré. Vous avez l'œil vif et perçant.

— Je n'oublie jamais un visage, même celui d'un Noir. Tout le monde ne peut pas en dire autant.

— Vous êtes mon homme, déclara Poirot. Quelle chance de vous avoir rencontré ! Je cherche quelqu'un qui ait à la fois l'œil et la mémoire. Hélas, les deux vont rarement de pair. J'ai posé une question au Dr Roberts, sans résultat. Idem pour Mrs Lorrimer. Voyons si j'aurai plus de chance avec vous. Retournez en pensée dans la pièce où vous avez joué aux cartes chez Mr Shaitana, et dites-moi ce que vous vous rappelez.

Despard eut l'air un peu ahuri.

— Je ne comprends pas très bien...

— Décrivez-moi la pièce, les meubles, les objets.

— Je ne sais pas si je suis très doué pour ça, répondit Despard en réfléchissant. C'était un endroit pas net, de mon point de vue. Une pièce qui n'avait rien de masculin. Avec des brocarts, des soieries, tout un fourbi. Ça ressemblait bien à Shaitana.

— Vous ne pouvez pas préciser ?

Despard secoua la tête.

— Je n'ai pas fait très attention... Il y avait quelques beaux tapis. Deux Boukhara et trois ou quatre magnifiques persans, dont un Hamadan et un Tabriz. Une assez belle tête d'élan aussi — non, celle-là était dans l'entrée. Elle venait de chez Rowland, sans doute.

— Vous ne pensez pas que feu Mr Shaitana était du genre à aller abattre lui-même des animaux sauvages ?

— Certainement pas. Je suis prêt à parier qu'il n'a jamais abattu que des jeux qu'on peut jouer assis. Qu'y avait-il d'autre ? Désolé de vous décevoir, mais je ne vais pas vous être d'une grande aide. Il y avait un tel bric-à-brac... Les tables en étaient couvertes. La seule chose que j'aie remarquée c'est une idole assez gaillarde. De l'île de Pâques, à mon avis. En bois poli. On n'en voit pas beaucoup de pareilles. Il y avait aussi des bibelots de Malaisie... Non, j'ai bien peur de ne pas pouvoir beaucoup vous aider.

— Tant pis, dit Poirot, l'air un peu dépité. Vous savez, poursuivit-il, Mrs Lorrimer a une mémoire des cartes tout à fait surprenante. Elle se souvient des annonces et des jeux de presque toutes les parties. C'est stupéfiant.

Despard haussa les épaules.

— Il y a des femmes comme ça. Sans doute parce qu'elles jouent du matin au soir.

— Vous en seriez incapable, hein ?

Despard secoua la tête.

— Je ne me rappelle que deux coups. L'un où j'aurais pu gagner à carreau, mais le Dr Roberts a bluffé et m'en a empêché. Il a chuté mais malheureusement nous ne l'avions pas contré. Je me rappelle aussi un sans atout. Un coup très difficile. Toutes nos cartes étaient mauvaises. Nous avons chuté de deux, mais cela aurait pu être bien pire.

— Vous jouez souvent au bridge, major Despard ?

— Non, pas régulièrement. Mais c'est un jeu intéressant.

— Vous le préférez au poker ?

— Personnellement, oui. Le poker fait trop de place au hasard.

— Mr Shaitana ne jouait à rien, je pense, déclara Poirot songeur. À aucun jeu de cartes, je veux dire.

— Shaitana ne s'est jamais amusé qu'à un seul jeu, grommela Despard.

— Et c'est ?

— Le jeu du coup bas.

Après un silence, Poirot demanda :

— Est-ce quelque chose que vous *savez*, ou que vous *pensez* ?

Despard vira au rouge brique.

— Ce qui signifie qu'on ne devrait rien avancer sans indiquer le chapitre et le verset ? C'est sans doute vrai. C'est même on ne peut plus exact. Il se trouve que je le *sais*. Cependant, je n'en donnerai ni le chapitre ni le verset. Cette information m'a été communiquée à titre confidentiel.

— Autrement dit, cela concerne une femme ou des femmes.

— Oui. Le sale type qu'il était préférait s'en prendre aux femmes.

— Vous pensez que c'était un maître chanteur ? Voilà qui est intéressant.

Despard secoua la tête.

— Non, non, vous m'avez mal compris ! Shaitana était peut-être un maître chanteur, mais pas au sens habituel. Pas pour l'argent. C'était un maître chanteur spirituel, si tant est que ça existe.

— Et il en tirait... quoi ?

— Une excitation. Je ne vois pas comment appeler ça autrement. Ça l'émoustillait de lire la polémique dans le regard des gens. J'imagine qu'il se sentait ainsi moins répugnant et plus viril. C'est une attitude très efficace avec les femmes. Il n'avait qu'à leur laisser entendre qu'il savait tout — et elles se mettaient à lui raconter un tas de choses qu'il ignorait peut-être. Cela titillait son sens de l'humour. Ensuite, il se pavanait avec son air méphistophélique qui semblait dire : « Je sais tout ! C'est moi le grand Shaitana ! » Ce type était un monstre !

— Alors vous pensez qu'il a terrorisé miss Meredith de cette façon-là ?

— Miss Meredith ? Je ne pensais pas à elle. Ce n'est pas le genre à avoir peur d'un homme comme Shaitana.

— Pardon ! Vous parliez alors de Mrs Lorrimer ?

— Non, non, non ! Vous m'avez mal compris. Je parlais en général. Il ne serait pas facile de terroriser Mrs Lorrimer. Et ce n'est pas quelqu'un qu'on imagine traînant un secret coupable. Non, je ne pensais à personne en particulier.

— C'est la méthode en général à laquelle vous faites allusion ?

— Exactement.

— Il est certain, remarqua posément Poirot, que ce que vous appelez un métèque possède souvent une excellente connaissance des femmes. Il sait comment s'immiscer dans leur existence. Il connaît l'art de leur soutirer leurs secrets...

Il s'interrompit.

— C'est absurde ! s'emporta Despard. Ce type était un charlatan, il n'avait rien de bien dangereux. Et pourtant, les femmes avaient peur de lui. C'est grotesque.

Il bondit soudain.

— Bon sang ! J'ai raté ma station. J'étais trop pris par notre conversation. Au revoir, monsieur Poirot. Jetez un coup d'œil en bas et vous allez voir mon ombre fidèle quitter le bus en même temps que moi.

Il se précipita dans l'escalier. Son coup de sonnette n'avait pas fini de retentir qu'un double coup de sonnette suivit...

En regardant dans la rue, Poirot vit Despard qui retournait à vive allure en arrière. Il ne prit pas la peine de repérer son suiveur. Il s'intéressait à tout autre chose.

« *Personne en particulier,* murmura-t-il en lui-même. Ça, je me le demande. »

16

LE TÉMOIGNAGE D'ELSIE BATT

Les collègues du sergent O'Connor l'avaient méchamment surnommé « Rêve ancillaire ».

Grand, droit, les épaules larges, il était incontestablement très bel homme. Cependant, c'était moins la régularité de ses traits que l'étincelle espiègle et téméraire qui brillait dans ses yeux que le sexe faible trouvait irrésistible. Le sergent O'Connor obtenait des résultats indubitables — et avec une vitesse remarquable.

Avec une vitesse telle que, quatre jours seulement après le meurtre de Mr Shaitana, il était assis dans un fauteuil à 3 shillings et 6 pence au *Willy Nilly Music-Hall* à côté de miss Elsie Batt, l'ancienne femme de chambre de Mrs Craddock, 117 North Audley Street.

Ayant mené ses travaux d'approche avec doigté, le sergent O'Connor s'apprêtait à lancer sa grande offensive.

— ... Ça me rappelle les histoires que me faisait mon ancien patron, disait-il. Il s'appelait Craddock. Un drôle d'individu, si vous voulez mon avis.

— Craddock ? dit Elsie. Moi aussi, j'ai servi chez des Craddock.

— Eh bien, ça, c'est la meilleure ! Et si c'était les mêmes ?

— Les miens habitaient dans North Audley Street, répondit Elsie.

— Les miens partaient pour Londres quand je les ai quittés, dit vivement O'Connor. Oui, je crois bien que c'était North Audley Street. Mrs Craddock s'intéressait beaucoup aux messieurs.

Elsie rejeta la tête en arrière.

— En boule, qu'elle me mettait. Toujours à critiquer et à ronchonner, comme si rien de ce que vous faisiez n'était bien.

— Son mari aussi en prenait pour son grade, non ?

— Elle prétendait qu'il la négligeait, qu'il ne la comprenait pas. Elle était tout le temps à se plaindre de sa santé, à gémir et à suffoquer. Mais elle n'était pas malade pour deux sous, je vous en fiche mon billet.

O'Connor se tapa sur les cuisses.

— J'y suis ! Est-ce qu'il ne s'est pas passé quelque chose entre elle et un certain toubib ? Ils seraient allés un peu trop loin, non ?

— Vous voulez parler du Dr Roberts ? Lui, c'était quelqu'un de bien. Et gentil, avec ça.

— Vous, les filles, vous êtes toutes les mêmes. Dès qu'un homme est un sale type, vous prenez sa défense. Je connais ce genre d'individu.

— Non, lui, vous ne le connaissez pas, vous vous mettez le doigt dans l'œil. Est-ce que c'était sa faute si Mrs Craddock l'envoyait chercher à tout bout de champ ? Ça doit agir comment, un docteur ? Si vous voulez mon avis, il ne s'intéressait à elle que comme patiente. Tout ça venait d'elle. Rien à faire pour qu'elle le laisse tranquille.

— Admettons, Elsie... Vous me permettez de vous appeler Elsie ? J'ai l'impression de vous connaître depuis toujours.

— Eh bien, ce n'est pas le cas. Elsie ! Non mais des fois !

Elle rejeta derechef la tête en arrière.

— Oh, très bien, miss Batt. Comme je le disais, admettons, reprit-il en lui jetant une œillade assassine, mais, le mari, ça le mettait quand même de mauvais poil, non ?

— Il s'est mis en rogne une fois, reconnut Elsie. Mais, si vous voulez mon avis, il était malade dans ce temps-là. Il est mort juste après, vous savez.

— Je m'en souviens... d'un truc bizarre, non ?

— Un truc japonais... tout ça à cause d'un nouveau blaireau... C'est terrible, non, qu'ils ne prennent pas plus de précautions ? Je n'ai plus rien acheté de japonais, depuis.

— « Acheter anglais », c'est ma devise, répliqua le sergent O'Connor, sentencieux. Vous disiez donc qu'il s'était engueulé avec le docteur ?

Elsie hocha la tête, enchantée de revivre les scandales passés.

— Ils y sont allés de bon cœur, répondit-elle. En tout cas, le patron. Le Dr Roberts a gardé son calme. Il a juste dit : « Ridicule. » Et aussi : « Qu'allez-vous imaginer ? »

— Ça s'est passé à la maison, sans doute ?

— Oui, elle l'avait envoyé chercher. Puis elle a commencé à se disputer avec le patron. Le Dr Roberts est arrivé au beau milieu et le patron s'est retourné contre lui.

— Il a dit quoi, au juste ?

— Évidemment, je n'étais pas censée écouter. Ça se passait dans la chambre de Madame. Je sentais qu'il y avait du grabuge dans l'air, alors j'ai pris mon ramasse-poussière et je me suis mise à nettoyer l'escalier. Je ne voulais pas rater ça.

Le sergent O'Connor l'approuva chaudement, tout en se félicitant de ne pas être entré en contact avec Elsie à titre officiel. Interrogée par le sergent O'Connor, de Scotland Yard, elle aurait juré ses grands dieux qu'elle n'avait rien entendu.

— Comme je disais, poursuivit Elsie, le Dr Roberts est resté très calme, c'est le patron qui braillait.

— Il braillait quoi ? demanda O'Connor, approchant pour la deuxième fois du point crucial.

— Qu'on s'était fichu de lui dans les grandes largeurs, répondit Elsie avec délectation.

— Qu'est-ce que vous entendez par là ?

Cette fille ne se déciderait-elle jamais à prononcer la moindre parole concrète ?

— Eh bien, je n'ai pas tout compris, avoua Elsie. Il employait des expressions compliquées, du genre « conduite non professionnelle », « prendre avantage », des trucs comme ça, et je l'ai entendu dire qu'il allait faire radier le Dr Roberts de l'Ordre des médecins. C'est possible, ça ?

— Je veux, oui ! répondit O'Connor. Il pouvait porter plainte auprès du Conseil de l'Ordre.

— Oui, il a dit quelque chose comme ça. Et Madame poussait des cris d'orfraie et couinait : « Tu ne t'es jamais occupé de moi. Tu me négliges. Tu me laisses seule. » Je l'ai entendue dire que le docteur avait été un ange de bonté pour elle.

» Alors le docteur est entré avec le patron dans le petit salon, il a fermé la porte de la chambre à coucher, et il lui a dit carrément :

» "Mon brave monsieur, vous ne voyez pas que votre femme est hystérique ? Elle ne sait pas ce qu'elle raconte. Je vous avoue franchement que c'est un cas compliqué et éprouvant. J'aurais abandonné depuis longtemps si j'avais jugé que c'était con... con...", un mot assez long ; ah ! oui, "compatible avec mon devoir".

» Voilà ce qu'il a dit. Il a dit aussi un truc à propos des limites qu'il ne fallait pas franchir, quelque chose entre le docteur et son patient. Ça a un peu calmé le patron, alors il a ajouté :

» "Vous allez être en retard à votre bureau, vous feriez bien de partir. Réfléchissez à tout ça à tête reposée. Je pense que vous vous rendrez compte que toute cette histoire ne tient pas debout. Maintenant, je vais me laver les mains avant de me rendre chez mon prochain patient. Réfléchissez, mon vieux. Je vous assure que tout cela est sorti de l'imagination débridée de votre femme."

» Alors, le patron a dit : "Je ne sais que penser."

» Et il est sorti, et moi, bien sûr, je briquais l'escalier de toutes mes forces mais il ne m'a même pas remarquée. J'ai pensé alors qu'il avait mauvaise mine. Le docteur, il sifflotait gaiement en se lavant les mains dans le petit salon où il y avait de l'eau froide et puis de la chaude aussi. Après ça, il est sorti, lui aussi, avec sa sacoche ; il m'a parlé — bien poli comme toujours — et il est descendu tout guilleret comme d'habitude. Alors, vous voyez, je suis certaine qu'il n'avait rien fait de mal. Tout était de sa faute à elle.

— Et c'est après ça que Craddock a eu son histoire de charbon ?

— Bah ! je crois qu'il l'avait déjà. La patronne, elle l'a soigné avec beaucoup de dévouement, mais il est mort. Des couronnes, il y en a eu des superbes, à l'enterrement.

— Et après ? Roberts a remis les pieds à la maison ?

— Non, petit curieux ! Vous lui en voulez, hein ? Je vous ai dit qu'il n'avait rien fait de mal. Sinon, il l'aurait épousée après la mort du patron, pas vrai ? Il ne l'a jamais fait. Il n'était pas fou ! Il savait à qui il avait affaire. Elle lui téléphonait sans arrêt, pourtant, mais il n'était jamais là. Et puis, elle a vendu la maison, on a tous eu notre congé, et elle est partie pour l'Égypte.

— Et vous n'avez jamais revu le Dr Roberts ?

— Non. Elle, si, parce qu'elle est allée le voir pour se faire faire... comment qu'on appelle ça ? une inoculation contre la typhoïde. Elle est revenue avec le bras tout endolori. Si vous voulez mon avis, il lui a fait comprendre qu'il n'y avait rien à faire. Elle ne lui a plus téléphoné et elle est partie la mine enfarinée avec un tas de nouvelles robes très jolies, toutes de couleurs claires, et pourtant on était au milieu de l'hiver... mais elle disait que, là-bas, il y avait du soleil et qu'il faisait chaud.

— C'est vrai, approuva le sergent. Trop chaud même, parfois, à ce qu'on dit. Elle est morte là-bas. Je suppose que vous le savez ?

— Mais non, je n'en savais rien. Eh bien, ça alors ! Elle devait être plus malade que je ne pensais, la pauvre...

Elle ajouta avec un soupir :

— Je me demande ce qu'ils ont fait de toutes ces jolies robes. C'est des Noires, là-bas, elles ne peuvent pas les mettre.

— Vous auriez été à croquer, dedans, remarqua le sergent O'Connor.

— Effronté, va !

— Eh bien, vous n'allez pas avoir à supporter mon

effronterie plus longtemps. Je dois partir pour un voyage d'affaires.

— Vous serez parti longtemps ?

— Il se peut que j'aille à l'étranger.

Le visage d'Elsie s'affaissa.

Bien que peu familière du célèbre poème de lord Byron, « Je n'ai jamais aimé une tendre gazelle », etc., elle éprouvait pour l'heure des sentiments du même ordre.

« C'est bizarre, plus ils sont beaux garçons, et moins ça marche, pensait-elle. Bah ! tant pis, il y a toujours Fred... »

Ce qui était rassurant. Cela prouvait que la soudaine incursion du sergent O'Connor dans la vie d'Elsie ne la marquerait pas à jamais. Qui sait ? « Fred » gagnerait peut-être même à l'affaire.

17

LE TÉMOIGNAGE DE RHODA DAWES

Rhoda Dawes sortit du *Debenham* et s'arrêta pour réfléchir. Ses traits expressifs trahissaient la moindre émotion passagère. Pour l'heure, c'était l'indécision qui était peinte sur son visage.

Ce visage, il disait clairement : « Oui ou non ? J'aimerais bien... mais il vaut peut-être mieux pas... »

— Taxi, miss ? demanda le chasseur.

Rhoda secoua la tête.

Une femme corpulente, chargée de paquets et dont le visage exprimait la radieuse satisfaction de celle qui fait déjà ses achats pour Noël, la heurta violemment, mais Rhoda resta clouée sur place, essayant toujours de prendre une décision.

Des pensées confuses lui traversaient l'esprit.

« Après tout, pourquoi pas ? Elle me l'a proposé... mais elle dit peut-être la même chose à tout le monde... Elle ne s'attend pas à ce qu'on la prenne au mot... Bon, Anne n'a pas voulu de moi. Elle m'a dit carrément qu'elle préférait aller seule avec le major Despard chez l'avocat... C'est son droit. Trois, cela fait tout de suite la foule... Et ses affaires ne me regardent pas. Ce n'est pas comme si je tenais particulièrement à voir le major Despard... Il est charmant, pourtant... Je crois qu'il est tombé amoureux d'Anne. Les hommes ne se coupent pas en quatre, à moins de... je veux dire, jamais par bonté d'âme... »

Un coursier la bouscula.

— Pardon, miss, dit-il d'un ton de reproche.

« Oh ! seigneur ! pensa Rhoda. Je ne peux pas rester plantée là toute la journée, juste parce que je suis tellement stupide que je n'arrive pas à me décider... Je crois que cette veste et cette jupe me vont très bien. Je me demande si le marron n'aurait pas été plus facile à porter que le vert ? Non, je ne crois pas. Bon, alors j'y vais, oui ou non ? 3 heures un quart... c'est une heure convenable... je veux dire, je n'aurai pas l'air de vouloir m'inviter à déjeuner ou quoi que ce soit de ce genre. Je peux toujours essayer, on verra bien... »

Elle plongea dans la circulation, traversa, tourna à droite, puis à gauche dans Harley Street, et s'arrêta devant l'immeuble que Mrs Oliver avait décrit comme « perdu parmi les cliniques ».

« Bon, elle ne va pas me manger », se dit Rhoda, et elle entra courageusement dans le bâtiment.

L'appartement de Mrs Oliver était au dernier étage. Elle prit l'ascenseur, et le liftier en uniforme la déversa sur une élégante moquette neuve, devant une porte d'un vert éclatant.

« C'est terrifiant, se dit Rhoda. Pire que le dentiste. Mais je ne peux plus reculer maintenant. »

Rouge de confusion, elle sonna.

Une domestique d'un certain âge lui ouvrit.

— Est-ce que... Puis-je... Mrs Oliver est là ?

La femme de chambre s'effaça pour la laisser entrer, et la conduisit dans un salon où régnait le plus grand désordre.

— Qui dois-je annoncer ?

— Oh... euh... miss Dawes... miss Rhoda Dawes.

La domestique se retira. Après ce qui lui sembla une éternité, mais qui dura en réalité une minute et quarante-cinq secondes, la femme de chambre revint.

— Par ici, mademoiselle.

Plus rouge que jamais, Rhoda la suivit. Elles enfilèrent un corridor, tournèrent un coin, et une porte s'ouvrit. Nerveuse, Rhoda entra dans ce qui, à ses yeux ahuris, lui apparut d'abord comme une forêt africaine.

Des oiseaux, des quantités d'oiseaux : des perroquets, des aras, des oiseaux inconnus des ornithologues zigzaguaient dans ce qui semblait être une forêt vierge.

Au milieu de cette profusion d'oiseaux et de végétation, Rhoda aperçut une machine à écrire posée sur une vieille table de cuisine, des monceaux de feuilles tapées éparpillées sur le sol, et Mrs Oliver, échevelée, qui se levait d'un fauteuil bancal.

— Ma chère petite, comme je suis contente de vous voir ! dit-elle en lui tendant une main maculée de carbone et en essayant, de l'autre — tâche désespérée — de mettre un peu d'ordre dans sa coiffure.

Un sac en papier, qu'elle avait heurté au passage, tomba du bureau et des pommes roulèrent dans tous les coins.

— Laissez cela, mon petit, ne vous inquiétez pas, quelqu'un viendra bien les ramasser à un moment quelconque.

Haletante, Rhoda se releva avec cinq pommes dans les mains.

— Oh, merci... non, il ne faut pas les remettre dans le sac. Je crois qu'il est percé. Posez-les plutôt sur la cheminée. Très bien. Maintenant, asseyons-nous et causons.

Rhoda s'installa sur un second fauteuil bancal et demanda, le souffle court :

— Je suis affreusement confuse. Je ne vous ai pas interrompue, au moins ?

— Eh bien, oui et non, répondit Mrs Oliver, je travaille, comme vous voyez. Mais mon maudit Finlandais est dans une situation fâcheuse. Il avait fait une déduction très astucieuse à propos d'un plat de haricots verts, et maintenant il a découvert un poison mortel dans une oie farcie à l'oignon et à la sauge, préparée pour la Toussaint. Et voilà que je viens de me rappeler qu'à la Toussaint, la saison des haricots verts est finie.

Surexcitée par cette intrusion dans l'univers de la création littéraro-policière, Rhoda suggéra, pantelante :

— Cela pourrait être des haricots en boîte ?

— C'est possible, évidemment, remarqua Mrs Oliver, sceptique, mais cela gâcherait l'histoire. Je m'embrouille toujours dans les questions d'horticulture. Les gens m'écrivent pour me faire remarquer que les fleurs que j'ai fait pousser ensemble ne sont pas les bonnes... comme si cela avait de l'importance... De toute façon, on les trouve toutes ensemble chez les fleuristes de Londres.

— Bien sûr que cela n'a aucune importance, dit Rhoda en admiratrice énamourée. Oh, Mrs Oliver, ce doit être merveilleux d'écrire !

Mrs Oliver se frotta le front avec un doigt tout maculé de carbone.

— Pourquoi ?

— Oh !... fit Rhoda, un peu décontenancée, parce que ça doit l'être. Ça doit être merveilleux de se mettre à sa table et d'écrire un livre d'une seule traite.

— Cela ne ne passe pas exactement comme ça, répliqua Mrs Oliver. Il faut d'abord *penser,* vous savez. Et penser, c'est toujours très ennuyeux. Ensuite il faut faire un plan. Et on peut rester bloqué à des tas d'endroits, et avoir l'impression qu'on ne s'en sortira jamais... mais on finit quand même par s'en sortir ! Ce n'est pas particulièrement agréable d'écrire. C'est un travail difficile, comme tous les autres.

— Cela n'a pas l'air d'un travail.

— Pour vous, parce que vous n'avez pas à le faire. Pour moi, je vous garantis que c'est un vrai labeur. Il y a des jours où je ne peux avancer qu'en me répétant sans arrêt combien vont me rapporter les droits de mon prochain feuilleton. Ça vous aiguillonne, vous savez. Comme lorsque vous mesurez l'ampleur du découvert de votre compte en banque.

— Je n'aurais jamais pensé que vous tapiez vous-même vos livres à la machine. Je croyais que vous aviez une secrétaire.

— J'en ai eu une, et j'avais pris l'habitude de lui dicter, mais elle était si compétente que ça me déprimait. Elle en savait tellement plus que moi sur la grammaire anglaise, les points et les points-virgules, que cela me donnait une sorte de complexe d'infériorité. J'ai essayé alors une secrétaire totalement incompétente, mais, évidemment, elle n'a pas fait l'affaire non plus.

— Ça doit être merveilleux d'inventer des choses !

— Je peux toujours inventer des tas de trucs, déclara

Mrs Oliver avec entrain. Ce qui est fatigant, c'est de les écrire. Je crois toujours que j'ai terminé et quand je recompte, je découvre que je n'ai écrit que trente mille mots au lieu des soixante mille nécessaires. Alors je dois introduire un nouveau meurtre et faire de nouveau kidnapper mon héroïne. C'est d'un ennui !

Rhoda ne répondit pas. Elle regardait Mrs Oliver avec la déférence d'un novice envers une célébrité, déférence légèrement teintée de désappointement.

— Aimez-vous mon papier peint ? demanda Mrs Oliver en agitant la main. J'adore les oiseaux. Le feuillage est censé être tropical. Ça me donne l'impression qu'il fait chaud, même quand il gèle. Je ne peux rien faire à moins d'avoir très, très chaud. Mais Sven Hjerson, lui, brise la glace de son bain tous les matins !

— Tout cela me paraît merveilleux, et c'est très gentil de me dire que je ne vous dérange pas.

— Nous allons prendre un café et des toasts. Un café très noir, et des toasts très chauds. Je suis toujours prête à en prendre, à n'importe quelle heure.

Elle alla à la porte et cria trois mots. Puis elle revint et demanda :

— Qu'est-ce qui vous amène en ville ? Des achats ?

— Quelques achats, oui.

— Miss Meredith est venue avec vous ?

— Oui. Elle est allée voir un avocat avec le major Despard.

— Un avocat, hein ?

Mrs Oliver haussa les sourcils.

— Oui. Le major Despard lui a conseillé d'en prendre un. Le major est fantastiquement gentil... vraiment gentil.

— Moi aussi, j'ai été très gentille, mais il ne semble pas qu'on l'ait pris comme ça. En fait, votre amie a été plutôt fâchée de ma visite.

— Oh, mais non, absolument pas, déclara Rhoda en se tortillant sur sa chaise, au comble de l'embarras. C'est d'ailleurs une des raisons pour lesquelles je voulais vous voir aujourd'hui... pour vous expliquer... J'ai bien vu que vous l'aviez mal comprise. Elle s'est montrée désagréable, mais pas à cause de ça. Je veux dire, pas à cause de votre visite. À cause de quelque chose que vous avez dit.

— Quelque chose que j'ai dit ?

— Oui. Vous ne pouviez pas le deviner, évidemment. Seulement c'est mal tombé.

— Qu'est-ce que j ai dit ?

— Vous ne devez même pas vous en souvenir. C'est surtout la façon dont vous l'avez dit. Vous avez parlé de poison et d'accident.

— Moi ?

— Je savais que vous ne vous en souviendriez pas. Vous comprenez, il lui est arrivé une fois quelque chose de très pénible. Elle vivait chez une dame qui s'est empoisonnée avec de la teinture pour chapeaux, je crois, qu'elle avait confondue avec Dieu sait quoi. Et elle en est morte. Ç'a été un choc terrible pour Anne. Elle ne supporte ni d'y penser ni d'en parler. Et ce que vous avez dit le lui a, bien sûr, rappelé ; alors elle s'est tue et elle est devenue froide et bizarre, comme à chaque coup. J'ai bien vu que vous l'aviez remarqué. Et je ne pouvais rien dire devant elle. Mais je voulais que vous sachiez que ce n'était pas de l'ingratitude.

Mrs Oliver regarda le visage rouge et animé de son interlocutrice, et dit d'un ton songeur :

— Je vois...

— Anne est terriblement sensible, reprit Rhoda. Et elle est incapable de... ma foi d'affronter les ennuis. Si quelque chose la tracasse, elle préfère ne pas en parler, bien que ce ne soit pas une solution — à mon avis du moins. Que vous en parliez ou non, les ennuis sont toujours là. Faire semblant qu'ils n'existent pas, c'est prendre la fuite. Aussi pénible que ce soit, pour ma part, je préférerais aller jusqu'au bout.

— Ah, répliqua Mrs Oliver, mais vous, vous êtes un petit soldat, mon enfant. Ce n'est pas le cas de votre Anne.

Rhoda rougit.

— Anne est un amour.

Mrs Oliver sourit.

— Je n'ai jamais dit le contraire. Je prétends simplement qu'elle n'a pas votre courage.

Elle soupira et demanda à brûle-pourpoint :

— Croyez-vous à la valeur de la vérité, mon enfant ?

— Bien sûr que oui, répondit Rhoda, surprise.

— C'est ce que vous dites, mais vous n'y avez jamais réfléchi, peut-être. La vérité blesse parfois, et détruit nos illusions.

— Ça ne fait rien, je préfère la connaître quand même.

— Moi aussi. Mais est-ce bien sage ?

— Vous ne parlerez pas à Anne de ce que je vous ai raconté ? demanda Rhoda gravement. Ça ne lui plairait pas.

— Cela ne me serait jamais venu à l'idée. Cette histoire, cela s'est passé il y a longtemps ?

— Environ quatre ans. C'est drôle comme les choses se répètent pour certaines personnes. J'avais une tante qui collectionnait les naufrages. Et voilà Anne, mêlée pour la deuxième fois à une mort brutale... sauf que celle-ci est pire. Le meurtre, c'est affreux, non ?

— Oui, affreux.

À cet instant, le café noir et les toasts beurrés firent leur apparition. Rhoda but et mangea avec un appétit d'enfant. Partager un repas dans l'intimité avec une célébrité, c'était follement exaltant.

Quand elles eurent terminé, elle se leva.

— J'espère ne pas vous avoir trop interrompue. Seriez-vous disposée à... Je veux dire, est-ce que cela vous dérangerait beaucoup si... Oh, si je vous envoyais un de vos livres, pourriez-vous me le dédicacer ?

Mrs Oliver se mit à rire.

— Je peux faire mieux que ça pour vous. (Elle alla ouvrir un placard à l'autre bout de la pièce.) Lequel préférez-vous ? Moi, j'ai un faible pour *L'Affaire du second poisson rouge*. Il est plutôt moins bête que les autres.

Un peu choquée d'entendre un auteur parler ainsi des enfants de sa plume, Rhoda accepta avec joie. Mrs Oliver prit le livre, y inscrivit son nom avec une dédicace élogieuse et le lui tendit.

— Voilà.

— Merci beaucoup. J'ai passé un moment merveilleux. Vous ne m'en voulez pas d'être venue ?

— Je ne demandais que ça, répondit Mrs Oliver.

Après un instant de silence, elle ajouta :

— Vous êtes une fille charmante. Au revoir. Et attention à vous.

« Pourquoi diable lui ai-je dit ça ? » se demanda-t-elle en refermant la porte.

Elle secoua la tête, s'ébouriffa les cheveux et retourna aux démêlés magistraux de Sven Hjerson avec sa farce à la sauge et à l'oignon.

18

L'INTERLUDE DU THÉ

Mrs Lorrimer sortit d'une maison de Harley Street.

Elle s'arrêta un instant sur le perron, puis descendit lentement.

Elle avait une curieuse expression, mélange de volonté inflexible et d'étrange indécision. Les sourcils légèrement froncés, elle semblait absorbée par un problème.

C'est alors qu'elle aperçut Anne Meredith, sur le trottoir d'en face.

Anne était en contemplation devant un grand immeuble, juste au coin de la rue.

Mrs Lorrimer hésita un instant puis traversa.

— Comment allez-vous, miss Meredith ?

Anne sursauta et se retourna.

— Oh ! Et vous ?

— Vous êtes restée à Londres ?

— Non. Je suis revenue pour la journée. Des papiers à signer.

Son regard s'égarait toujours sur le grand immeuble.

— Quelque chose vous tracasse ? demanda Mrs Lorrimer.

Anne sursauta, comme prise en faute.

— Me tracasse ? Oh, non, qu'est-ce qui pourrait bien me tracasser ?

— Vous sembliez préoccupée.

— Non... En fait, si, mais rien de grave, fit-elle avec un petit rire. C'est un truc idiot : j'ai cru apercevoir mon amie — la fille avec qui j'habite — entrer là et je me demandais si elle était allée voir Mrs Oliver.

— C'est là qu'elle vit ? Je l'ignorais.

— Oui. Elle nous a rendu visite l'autre jour ; elle nous a laissé son adresse et nous a invitées à passer chez elle. Je me demandais si c'était bien Rhoda que j'avais vue entrer.

— Vous voulez aller vous en assurer ?

— Non, pas question.

— Alors, venez prendre le thé avec moi. Je connais un endroit près d'ici.

— C'est très gentil de votre part, répondit Anne, hésitante.

Elles descendirent Harley Street côte à côte et bifurquèrent dans une ruelle adjacente. Elles pénétrèrent dans une pâtisserie où on leur servit du thé et des muffins.

Elles parlèrent peu. Elles appréciaient chacune le silence de l'autre.

— Mrs Oliver est venue vous voir vous aussi ? demanda soudain Anne.

— Non, personne n'est venu, à part M. Poirot.

— Je ne voulais pas dire par là que...

— Non ? Bien sûr que si, répliqua Mrs Lorrimer.

La jeune fille lui jeta un coup d'œil rapide, terrifié. Une expression sur le visage de Mrs Lorrimer la rassura.

— Il n'est pas venu me voir, dit-elle, songeuse.

Il y eut un silence.

— Et le superintendant Battle ? demanda Anne.

— Oh, oui, bien sûr, répondit Mrs Lorrimer.

— Quelles sortes de questions vous a-t-il posées ? balbutia Anne.

Mrs Lorrimer soupira bruyamment.

— Les questions habituelles, je suppose. La routine. Il a été charmant.

— J'imagine qu'il va interroger tout le monde.

— Oui, sans doute.

Nouveau silence.

— Mrs Lorrimer, croyez-vous qu'ils finiront par découvrir le coupable ?

Anne, les yeux rivés sur son assiette, ne vit pas l'étrange expression qui passa dans ceux de Mrs Lorrimer tandis qu'elle la regardait.

— Je n'en sais rien, répondit paisiblement cette dernière.

— Ce n'est pas... très agréable, non ? murmura Anne.

La même étrange expression, à la fois inquisitrice et compatissante, passa dans le regard de Mrs Lorrimer, qui lui demanda :

— Quel âge avez-vous, miss Meredith ?

— M... moi ? bafouilla Anne. Vingt-cinq ans.

— Et j'en ai soixante-trois, dit Mrs Lorrimer.

Elle poursuivit, songeuse :

— Vous avez presque toute votre vie devant vous...

Anne frissonna.

— Je peux passer sous un autobus en rentrant chez moi, dit-elle.

— Oui, c'est vrai. Et moi, je n'y ai pas droit ?

Elle avait dit ça d'une drôle de façon. Anne la regarda, étonnée.

— La vie n'est pas simple, reprit Mrs Lorrimer. Vous le découvrirez quand vous aurez mon âge. Elle exige un courage infini et une bonne dose d'endurance. Et, quand on arrive à la fin, on se demande : « Est-ce que cela en valait la peine ? »

— Oh, ne dites pas ça ! s'écria Anne.

Mrs Lorrimer se mit à rire, toute sa belle assurance retrouvée.

— C'est vrai, c'est trop facile de peindre la vie en noir !

Elle appela la serveuse et régla l'addition.

En sortant, elle héla un taxi.

— Je vous dépose quelque part ? Je vais vers le sud.

Le visage d'Anne s'était éclairé.

— Non, merci. J'aperçois mon amie au coin de la rue. Encore merci, Mrs Lorrimer, et au revoir.

Le taxi démarra. Anne pressa le pas.

En la voyant, Rhoda eut un petit air coupable.

— Tu as été chez Mrs Oliver ? demanda Anne.

— Eh bien... en effet.

— Et je t'attrape de justesse.

— Que veux-tu dire par « attrape » ? Tu étais sortie de ton côté avec ton admirateur. Je pensais qu'il t'inviterait au moins à prendre le thé.

Anne ne répondit pas tout de suite. Une voix résonnait encore à ses oreilles : « Ne pourrions-nous pas aller chercher votre amie quelque part et prendre le thé ensemble ? »

Et sa propre réponse, qu'elle avait faite sans même avoir eu le temps d'y penser :

« Merci beaucoup, mais nous sommes déjà invitées pour le thé. »

Un mensonge... et quel mensonge stupide ! Ce qu'on peut être bête de lancer la première ineptie qui vous passe par la tête, sans avoir pris une seconde pour réfléchir. C'eût été si simple de dire : « Merci, mais Rhoda est déjà invitée chez des amis » si vous n'aviez pas envie — comme c'était le cas — que Rhoda vous accompagne.

Plutôt bizarre, d'ailleurs, qu'elle n'ait pas voulu de Rhoda. Elle avait tenu à garder Despard pour elle toute seule. Elle était jalouse. Jalouse de Rhoda. Rhoda était si brillante, si sociable, si pleine de vie et d'enthousiasme. L'autre soir, le major avait semblé s'intéresser à elle. C'était du Rhoda tout craché, ça : elle ne le faisait pas exprès, mais elle vous reléguait à l'arrière-plan. Mais c'était pour elle, Anne Meredith, qu'il était venu ici. Non, décidément, elle n'avait pas voulu de Rhoda.

Mais elle s'était conduite de façon ridicule en s'affolant comme ça. Si elle s'était mieux débrouillée, elle serait en ce moment en train de boire le thé, avec le major, dans son club ou ailleurs.

Décidément, Rhoda lui pesait. Rhoda était encombrante. Et qu'avait-elle dans la tête en allant voir Mrs Oliver ?

— Pourquoi es-tu allée voir Mrs Oliver ? demanda-t-elle tout haut.

— Elle nous y avait invitées.

— Oui, mais je n'ai jamais pensé qu'elle en avait envie. Elle doit se croire obligée de dire ça à tout le monde.

— Elle était sincère. Elle a été terriblement gentille. Elle m'a fait cadeau d'un de ses livres. Regarde.

Rhoda brandit son trophée.

— De quoi avez-vous parlé ? demanda Anne, soupçonneuse. Pas de moi ?

— Regardez-moi cette prétentieuse !

— Vous avez parlé de moi ? Vous avez parlé... du meurtre ?

— Nous avons parlé de *ses* meurtres. Elle écrit un roman où il est question de sauge et d'oignons empoisonnés. Elle a été très simple, elle m'a expliqué le travail terrible que cela représente, elle ma raconté comment elle s'emmêle dans ses intrigues, et nous avons bu du café noir avec des toasts beurrés, conclut Rhoda avec un accent de triomphe.

Puis elle ajouta :

— Oh, Anne, tu veux ton thé ?

— Non. Je l'ai déjà pris avec Mrs Lorrimer.

— Mrs Lorrimer ? Ce n'est pas celle... celle qui était là-bas ?

Anne hocha la tête.

— Où l'as-tu rencontrée ? Tu es allée la voir ?

— Non, je suis tombée sur elle dans Harley Street.

— Comment était-elle ?

— Je ne sais pas, répondit Anne en réfléchissant. Plutôt bizarre. Pas du tout comme l'autre soir.

— Tu penses toujours que c'est *elle* ? demanda Rhoda.

Anne resta un instant silencieuse avant de répondre :

— Je ne sais pas. N'en parlons plus, Rhoda. Tu sais que je déteste discuter de ce genre de choses.

— Comme tu voudras, chérie... À quoi ressemble ton avocat ? Très sec et très pointilleux ?

— Plutôt vif et juif.

— Ça, ça me paraît très bien.

Elle attendit un peu puis demanda :

— Et le major Despard ?

— Très gentil.

— Il est amoureux de toi, Anne. J'en suis sûre.

— Rhoda ! Ne dis pas de bêtises.

— Eh bien, tu verras.

Rhoda se mit à fredonner.

« Bien sûr qu'il est amoureux d'elle, songeait-elle. Anne est très jolie... un peu nunuche peut-être. Pas du genre à l'accompagner dans la brousse... Bon sang ! elle pousserait des hurlements si elle voyait un serpent... Les hommes s'entichent toujours des femmes qui ne leur conviennent pas. »

Et elle ajouta tout haut :

— Prenons ce bus, il va à Paddington. Nous attraperons le train de 16 h 48 au vol.

19

LA CONSULTATION

Le téléphone sonna chez Poirot. Respectueuse, une voix se fit entendre :

— Sergent O'Connor. Le superintendant Battle vous envoie ses compliments et vous demande si vous pourriez le rejoindre à Scotland Yard à 11 h 30 ?

Poirot répondit par l'affirmative et le sergent raccrocha.

Il était 11 h 30 tapant lorsqu'un taxi le déposa à la porte de New Scotland Yard. Il fut aussitôt happé par Mrs Oliver.

— Monsieur Poirot ! Vous tombez à pic ! Voulez-vous venir à mon secours ?

— Avec plaisir, chère madame. Que puis-je pour vous ?

— Payer mon taxi... Par je ne sais quel hasard, j'ai emporté le sac à main dans lequel je garde ma monnaie étrangère, et le bonhomme ne veut accepter ni francs, ni lires, ni marks !

Poirot sortit galamment de la monnaie, puis ils pénétrèrent ensemble dans le bâtiment.

On les conduisit dans le bureau privé du superintendant. Assis derrière une table, il avait l'air plus que jamais taillé dans du bois.

— On dirait une sculpture moderne, chuchota Mrs Oliver à Poirot.

Battle se leva, leur serra la main et tout le monde s'assit.

— J'ai pensé qu'il était temps de tenir une petite réunion, déclara Battle. Vous désirez sans doute savoir où j'en suis, et, de mon côté, j'aimerais savoir où vous en êtes. Nous n'attendons plus que le colonel Race et dès que...

À ce moment précis, la porte s'ouvrit et le colonel fit son entrée.

— Désolé d'être en retard, Battle. Comment allez-vous, Mrs Oliver ? Bonjour, monsieur Poirot. Navré de vous avoir fait attendre, mais je pars demain, et j'ai beaucoup de choses à régler.

— Où allez-vous ? demanda Mrs Oliver.

— Je vais chasser... du côté du Béloutchistan.

Poirot eut un sourire ironique :

— C'est un coin assez troublé, non ? Il va falloir vous montrer prudent.

— C'est bien mon intention, répondit Race avec gravité, mais l'œil brillant.

— Vous avez quelque chose pour nous ? demanda Battle.

— J'ai des informations sur Despard. Les voici... dit-il en poussant vers lui une liasse de papiers. Il y a des noms et des dates en quantité. La plupart n'offrent sans doute aucun intérêt. Il n'y a rien à lui reprocher. C'est un brave type. Son dossier est vierge. Pas de manquement à la discipline. Apprécié par les indigènes et ayant partout leur confiance. En Afrique, où cela se pratique, ils l'ont affublé d'un de leurs surnoms à n'en plus finir : « L'homme qui garde la bouche fermée et qui juge honnêtement. » Chez les Blancs, il est généralement considéré comme un Pukka Sahib. C'est un bon fusil. Une tête froide. Quelqu'un sur qui on peut compter.

Pas le moins du monde ébranlé par ce panégyrique, Battle demanda :

— Pas de morts soudaines dans son entourage ?

— J'ai particulièrement insisté sur ce point. Il a un sauvetage à son crédit. Un de ses camarades qui avait été attaqué par un lion.

— Ce ne sont pas des sauvetages que je cherche, soupira Battle.

— Vous avez de la suite dans les idées, Battle. Je n'ai déterré qu'un petit incident qui pourrait faire votre affaire. Un voyage à l'intérieur de l'Amérique du Sud. Despard accompagnait le Pr Luxmore, célèbre botaniste, et sa femme. Le professeur est mort des fièvres et a été enterré quelque part en Amazonie.

— Des fièvres, hein ?

— Oui. Mais je serai honnête avec vous. Un des porteurs indigènes — qui, d'ailleurs, a été chassé pour vol — a prétendu que le professeur n'était pas mort des fièvres mais tué par balle. Cette rumeur n'a jamais été prise au sérieux.

— Il serait peut-être temps, dans ce cas.

Race secoua la tête.

— Je vous ai donné les faits. Vous les avez réclamés et vous y avez droit, mais il y a très peu de chances pour que ce soit Despard qui se soit livré à cette sale besogne, l'autre soir. C'est un Blanc, Battle.

— Incapable de tuer, par conséquent ?

Le colonel Race hésita.

— Incapable de ce que j'appelle un meurtre, oui.

— Mais pas incapable de tuer un homme s'il pensait avoir de bonnes raisons pour ça, non ?

— Dans ce cas, ces raisons seraient *vraiment* bonnes, et de taille.

Battle secoua la tête.

— On ne peut pas permettre qu'un être humain juge un autre être humain et prenne la loi en main.

— Cela peut arriver, Battle. Cela peut arriver.

— Cela ne devrait pas arriver, voilà ce que j'en pense. Qu'en dites-vous, monsieur Poirot ?

— Je suis d'accord avec vous, Battle. J'ai toujours désapprouvé le meurtre.

— Quelle drôle de façon vous avez d'en parler, fit observer Mrs Oliver. Comme s'il s'agissait de chasser le renard, ou de tuer des oiseaux pour s'en planter les plumes dans le chapeau. Vous ne pensez pas que certaines personnes méritent d'être tuées ?

— Évidemment si.

— Eh bien alors ?

— Vous ne me comprenez pas. Ce n'est pas tant la victime qui me préoccupe. Ce sont les effets du crime sur la personnalité de l'assassin.

— Et la guerre, alors ?

— À la guerre, vous ne suivez pas votre jugement personnel. Car c'est bien *là* que réside le danger. Quand un homme se sent autorisé à décider qui a le droit et qui n'a pas le droit de vivre, il est en passe de devenir le plus dangereux tueur qui soit : le criminel arrogant qui tue non par intérêt, mais pour une idée. Il usurpe les prérogatives du Seigneur.

Le colonel Race se leva :

— Je suis désolé, je ne peux pas rester avec vous. Trop à faire. J'aurais aimé voir la fin de cette histoire. Mais je ne serais pas surpris que vous n'en voyiez jamais la fin. Même si vous découvrez le coupable, prouver que c'est lui qui a fait le coup sera une autre paire de manches. Je vous ai procuré tous les renseignements que vous vouliez, mais je ne crois pas que Despard soit votre homme. Selon moi, il n'a jamais tué personne. Shaitana a pu entendre d'obscures rumeurs à propos de la mort du Pr Luxmore, mais je ne pense pas que cela aille plus loin que ça. Despard est un Blanc, il n'a jamais été un assassin. C'est mon opinion. Et je connais les hommes !

— Comment est Mrs Luxmore ? demanda Battle.

— Elle vit à Londres, vous pourrez vous en assurer par vous-même. Son adresse est dans ces papiers. Quelque part du côté de South Kensington. Mais, encore une fois, Despard n'est pas votre homme.

Le colonel Race quitta la pièce d'un pas élastique et silencieux de chasseur.

Songeur, Battle l'avait suivi des yeux.

— Il a peut-être raison, déclara-t-il. Il connaît les hommes, le colonel Race. Tout de même, ce serait trop simple si on pouvait considérer qu'une chose va de soi.

Prenant à l'occasion quelques notes sur un bloc, il compulsa les documents que Race avait posés sur la table.

— Eh bien, superintendant, allez-vous nous dire enfin ce que vous avez fait ? demanda Mrs Oliver.

Il leva la tête, et sourit, d'un lent sourire qui fendit dans toute sa largeur son visage de bois.

— Tout cela n'est pas très régulier, Mrs Oliver. J'espère que vous vous en rendez compte.

— Allons donc ! répliqua Mrs Oliver. Vous ne nous direz rien que vous ne vouliez nous dire, j'en suis sûre.

Battle secoua la tête.

— Non. Cartes sur table. C'est la devise dans cette affaire. J'ai l'intention de jouer honnêtement.

Mrs Oliver rapprocha son fauteuil.

— Racontez ! supplia-t-elle.

Le superintendant commença lentement :

— Je vous dirai d'abord ceci : pour ce qui est du meurtre de Mr Shaitana, je n'ai pas avancé d'un pouce. Il n'y avait rien à trouver dans ses papiers, ni piste ni clef d'aucune sorte. Quant à nos quatre suspects, je les ai fait suivre, bien sûr, mais sans résultat. Il fallait s'y attendre. Non, comme l'a dit M. Poirot, notre seul espoir, c'est le passé. Il faut découvrir *exactement* quels crimes ces gens ont commis — si tant est qu'ils en aient commis ; après tout, Mr Shaitana a pu dire n'importe quoi pour impressionner M. Poirot. Cela nous apprendra peut-être qui l'a tué.

— Eh bien, vous avez découvert quoi ?

— J'ai un indice pour l'un d'entre eux.

— Lequel ?

— Le Dr Roberts.

Mrs Oliver le regarda avec une impatience fébrile.

— Comme M. Poirot le sait bien, j'ai envisagé toutes sortes d'hypothèses. Je me suis assuré qu'aucun de ses proches n'était mort de mort subite. J'ai examiné toutes les éventualités, et en fin de compte tout s'est ramené à une seule possibilité — plutôt lointaine d'ailleurs. Il y a quelques années, le Dr Roberts s'est rendu coupable à tout le moins d'imprudence avec une de ses patientes. Il est vraisemblable que les choses ne sont pas allées très loin. Mais la femme était du genre hystérique, de celles qui adorent faire des scènes, et soit le mari a eu vent de la chose, soit la femme s'est « confessée ». Toujours est-il qu'il y avait de l'huile sur le feu. Le mari furieux menaçait de porter plainte devant le Conseil de l'Ordre, ce qui aurait probablement ruiné la carrière de Roberts.

— Ça s'est terminé comment ? demanda Mrs Oliver, haletante.

— Apparemment, Roberts a réussi à apaiser pour un temps le gentleman courroucé — lequel mourut d'une tumeur charbonneuse juste après.

— Le charbon ? Mais c'est une maladie du bétail, non ?

Le superintendant sourit :

— Exact, Mrs Oliver. Rien à voir avec le poison indétectable des flèches des Indiens d'Amazonie ! Vous vous rappelez sans doute la panique qui régnait à l'époque à propos des blaireaux infectés. Eh bien, on a prouvé que le blaireau de Craddock était à l'origine de son infection.

— C'était le Dr Roberts qui le soignait ?

— Oh non. Il est trop malin pour ça. Je pense que de toute façon Craddock n'en aurait pas voulu. La seule certitude que j'aie — et c'est bien peu — c'est qu'il y a bel et bien eu un diagnostic de bactéridie charbonneuse à l'époque parmi les patients de Roberts.

— Vous voulez dire que le médecin aurait contaminé le blaireau ?

— C'est l'idée. Mais attention, ce n'est qu'une idée. Rien là qui permette d'aller plus loin. Pure conjecture. Mais cela se pourrait...

— Il n'a pas épousé Mrs Craddock, après ça ?

— Mon Dieu, non ! Je serais porté à croire que les « sentiments » étaient plutôt du côté de la dame. D'après ce qu'on dit, elle s'est très nettement mise à faire les quatre cents coups, et puis un beau jour elle est partie toute guillerette pour l'Égypte, histoire d'y passer l'hiver. Elle est morte là-bas. D'un obscur empoisonnement du sang. Un truc qui porte un nom à coucher dehors, qui ne vous dirait rien de plus. Très rare dans nos pays, assez répandu parmi les autochtones.

— Ainsi, le docteur n'aurait pas pu l'empoisonner ?

— Je n'en sais rien, répondit Battle, songeur. J'en ai parlé avec un bactériologiste de mes amis, mais c'est la croix et la bannière de tirer un avis clair de ces gens-là. Ils sont incapables de répondre par oui ou par non. C'est toujours des : « C'est possible sous certaines conditions », « tout dépend du terrain pathologique du receveur », « on a déjà vu des cas semblables », « cela dépend de l'idiosyncrasie de chacun », rien que des trucs de cet acabit. Mais pour autant que j'aie pu le forcer à parler, le microbe ou les microbes, j'imagine, auraient pu lui être inoculés avant son départ pour l'Égypte. Les symptômes mettent un certain temps à apparaître.

— Mrs Craddock s'était-elle fait vacciner contre la typhoïde avant de partir ? demanda Poirot. La plupart des gens le font.

— Vous avez touché juste, monsieur Poirot.

— Et c'est le Dr Roberts qui l'avait vaccinée ?

— Exact. Mais, de nouveau, nous ne pouvons rien prouver. Elle a eu les deux injections habituelles qui, pour ce que nous en savons, peuvent avoir été des vaccins anti-typhoïdiques. Ou l'une des deux peut avoir été un vaccin et l'autre... quelque chose d'autre. Nous n'en savons rien. Nous n'en saurons jamais rien. Il ne s'agit que d'une hypothèse. Tout ce que nous pouvons dire c'est : cela aurait pu se passer comme ça.

Poirot hocha la tête d'un air pensif.

— Cela concorde très bien avec certaines remarques que m'a faites Mr Shaitana. Il portait aux nues le criminel triomphant, celui à qui on ne pourrait jamais imputer le crime.

— Comment Mr Shaitana l'a-t-il appris, alors ? demanda Mrs Oliver.

Poirot haussa les épaules.

— Nous ne le saurons jamais. Il avait séjourné en Égypte, lui aussi. C'est là qu'il avait rencontré Mrs Lorrimer. Il avait pu entendre un médecin du cru commenter les curieux aspects du cas de Mrs Craddock, intrigué par la façon dont l'infection avait débuté. Il se peut aussi qu'à un autre moment, il ait eu vent de rumeurs concernant le Dr Roberts et Mrs Craddock. Il aurait pu s'amuser à faire quelques allusions devant Roberts et remarquer chez lui une expression de méfiance soudaine. Nous ne le saurons jamais. Certaines personnes ont le don mystérieux de découvrir les secrets. Mr Shaitana était de celles-là. Enfin, ce n'est pas notre affaire.

Nous ne pouvons que dire : il l'avait deviné. Mais avait-il deviné juste ?

— Je pense que oui, déclara Battle. J'ai l'impression que notre jovial médecin n'est pas trop scrupuleux. J'en connais deux ou trois comme lui... C'est étonnant comme on retrouve certains types d'hommes. À mon avis, c'est un tueur. Il a tué Craddock. Il a pu tuer Mrs Craddock si elle le gênait et était une cause de scandale. *Mais a-t-il tué Shaitana ?* Voilà la vraie question. En comparant les crimes, j'ai plutôt tendance à en douter. Avec les Craddock, il a usé à chaque fois d'une méthode « médicale ». Les morts ont semblé résulter de causes naturelles. À mon avis, s'il avait tué Shaitana, il l'aurait fait de la même façon « médicale ». Il se serait servi d'un microbe et non d'un couteau.

— Je n'ai jamais pensé que cela pouvait être lui, remarqua Mrs Oliver. Pas une seconde. Ce serait trop évident, d'une certaine manière.

— Exit Roberts, murmura Poirot. Et les autres ?

Battle eut un geste agacé.

— J'ai fait chou blanc. Mrs Lorrimer est veuve depuis vingt ans. Elle vit à Londres la plupart du temps, part à l'occasion pour l'étranger l'hiver. Dans des lieux civilisés : la Riviera, l'Égypte, ces endroits-là. Je n'ai pu lui associer aucune mort mystérieuse. On dirait qu'elle a mené une vie tout ce qu'il y a de plus normale et respectable... la vie d'une femme de la bonne société. Tout le monde la respecte et a la plus haute opinion d'elle. Le pire qu'on puisse en dire c'est qu'elle supporte mal les imbéciles. Je dois reconnaître que j'ai été battu sur toute la ligne. Pourtant, il doit bien y avoir *quelque chose* ! C'est tout au moins ce que pensait Shaitana.

Il soupira, découragé.

— Passons à miss Meredith. On m'a transmis toute son histoire. Une histoire banale. Fille d'officier de carrière. Restée sans fortune. A dû gagner sa vie. N'avait aucune formation. J'ai fouillé dans son enfance à Cheltenham. Rien que de très normal. Tout le monde navré pour cette pauvre petite fille. Elle est allée ensuite chez des gens dans l'île de Wight. Genre nurse, gouvernante et aide familiale. Sa patronne est en Palestine, mais j'ai parlé à sa sœur, et elle dit que Mrs Eldon l'aimait beaucoup. Pas de mort mystérieuse ni rien de tel.

» Après le départ de Mrs Eldon, miss Meredith est allée dans le Devon en qualité de demoiselle de compagnie chez la tante d'une ex-camarade de classe. Cette amie est la fille avec laquelle elle habite maintenant, miss Rhoda Dawes. Elle est restée là deux ans, jusqu'à ce que Mrs Deering tombe malade et ait besoin d'une infirmière. Un cancer, je crois. Elle vit toujours, mais dans un état second. Je suppose qu'on la maintient sous morphine. Je l'ai interrogée. Elle se souvient d'Anne et dit que c'était une fille charmante. J'ai parlé aussi à un voisin, mieux en état de se rappeler ce qui est arrivé ces dernières années. Pas de morts dans la paroisse, à part quelques vieux villageois avec lesquels, pour autant que je sache, Anne Meredith n'avait jamais été en relation.

» Ensuite, elle s'est rendue en Suisse. J'espérais tomber sur un accident fatal, là-bas, mais je n'ai rien trouvé. Pas plus d'ailleurs qu'à Wallingford.

— Alors, miss Meredith est acquittée ? demanda Poirot.

Battle hésita.

— Je ne dirais pas ça. Il y a *quelque chose*... Elle a un air effrayé qu'on ne peut pas attribuer uniquement à cette horrible soirée. Elle est trop prudente, trop sur le qui-vive. Je parierais qu'il y a *quelque chose*. Mais, voilà, elle a mené une existence sans reproche.

Mrs Oliver respira profondément — respiration de pur contentement.

— Et pourtant, dit-elle, Anne Meredith était sur les lieux quand une femme est morte après avoir pris du poison par mégarde.

Elle ne pouvait pas se plaindre de l'effet que produisirent ses paroles. Le superintendant Battle pivota dans son fauteuil et la regarda, stupéfait.

— C'est vrai, ça, Mrs Oliver ? Comment le savez-vous ?

— J'ai fouiné, répondit Mrs Oliver. Je m'entends plutôt bien avec les jeunes filles en général. J'ai rendu visite à ces deux-là et je leur ai servi une histoire à dormir debout sur le Dr Roberts. La petite Rhoda a été très amicale et oh !... assez impressionnée à l'idée que j'étais une célébrité. La petite Meredith n'a pas du tout été contente de me voir et ne s'est pas gênée pour me le montrer. Elle était soupçonneuse. Pourquoi ça si elle n'avait rien à cacher ? Je les ai invitées toutes les deux à venir me voir à Londres. Rhoda l'a fait. Et elle m'a sorti toute l'histoire. Elle m'a expliqué qu'Anne avait été désagréable avec moi parce que j'avais dit quelque chose qui lui avait rappelé un incident pénible, à la suite de quoi elle m'a raconté l'incident en question.

— A-t-elle dit où et quand il s'est produit ?

— Il y a trois ans, dans le Devonshire.

Le superintendant Battle marmonna entre ses dents et gribouilla quelques mots sur son bloc. Son calme était ébranlé.

Mrs Oliver savourait son triomphe. Elle connut là un moment de grande plénitude.

Battle recouvra son flegme.

— Je vous tire mon chapeau, Mrs Oliver. Vous nous avez bien eus, cette fois. Voilà un renseignement d'importance. Cela montre combien il peut être facile de passer à côté de la vérité.

Il fronça les sourcils.

— Où que ce soit, elle n'a pas pu y rester longtemps. Un ou deux mois au maximum. Cela a dû se passer entre l'île de Wight et Mrs Deering. Oui, ça collerait. Évidemment, Mrs Eldon s'est rappelé seulement qu'elle était partie pour le Devonshire... elle ne se rappelait ni où ni chez qui exactement.

— Dites-moi, demanda Poirot, cette Mrs Eldon est-elle désordonnée ?

Battle lui jeta un coup d'œil surpris.

— C'est drôle que vous me posiez cette question, monsieur Poirot. Je ne comprends pas comment vous l'avez su. La sœur est une personne très méticuleuse. Je me souviens qu'elle m'a déclaré : « Ma sœur est si peu soigneuse, si négligente. » Mais vous, comment l'avez-vous deviné ?

— Parce qu'elle avait besoin d'une aide pour la maison, dit Mrs Oliver.

Poirot secoua la tête.

— Non, non, ce n'est pas pour ça. Cela n'a pas d'importance. C'était pure curiosité. Continuez, superintendant.

— De la même façon, poursuivit Battle, j'avais pris pour argent comptant que, de l'île de Wight, elle était allée directement chez Mrs Deering. Elle est rusée, cette fille. Elle m'a trompé. Elle a menti d'un bout à l'autre.

— Mentir n'est pas toujours un signe de culpabilité, remarqua Poirot.

— Je sais ça, monsieur Poirot. Il y a ceux qui ont le mensonge inné. J'aurais tendance à penser qu'elle en fait partie. Elle choisit toujours de dire ce qui sonne le mieux. Mais tout de même, c'est prendre un grave risque que d'omettre un fait de cette nature.

— Elle ne pouvait pas savoir que vous vous intéressiez à des crimes passés, remarqua Mrs Oliver.

— Raison de plus pour ne pas dissimuler ce petit bout de renseignement. On avait sans doute opté pour la version de la mort accidentelle, elle n'avait donc rien à craindre... *à moins qu'elle n'ait été coupable.*

— Oui, à moins qu'elle n'ait été coupable du crime du Devonshire, déclara Poirot.

Battle se retourna vers lui.

— Oh ! je sais. Mais même si cette mort accidentelle se révélait ne pas être aussi accidentelle que ça, *il ne s'ensuivrait pas nécessairement qu'elle a tué Shaitana.* Cependant, ces meurtres passés sont aussi des meurtres. Face à un crime, j'aime pouvoir l'attribuer à son auteur.

— Shaitana pensait que c'était impossible, remarqua Poirot.

— Ça l'est dans le cas de Roberts. Reste à savoir si ça l'est aussi dans celui de miss Meredith. Je vais faire demain un saut dans le Devon.

— Saurez-vous où aller ? demanda Mrs Oliver. Je n'ai pas osé demander plus de détails à Rhoda.

— Vous avez bien fait. Cela dit, ce ne sera pas bien difficile. Il a dû y avoir une enquête. Je dois pouvoir tout trouver dans les registres du coroner. Pour la police, c'est du travail de routine. Ces renseignements m'attendront, déjà tout tapés, demain matin.

— Et le major Despard ? demanda Mrs Oliver. Avez-vous trouvé quelque chose sur lui ?

— J'attendais le rapport du colonel Race. Je l'ai fait suivre, bien entendu. Il y a un détail assez intéressant : il est allé voir miss Meredith, à Wallingford. Rappelez-vous qu'il a prétendu ne l'avoir jamais rencontrée avant l'autre soir.

— C'est une très jolie fille, remarqua Poirot.

Battle se mit à rire.

— J'espère que cela ne va pas plus loin. Au fait, Despard ne prend pas de risques. Il a déjà consulté un avocat. On dirait qu'il s'attend à des ennuis.

— C'est un homme prévoyant. Un homme qui veut parer à toute éventualité.

— En conséquence, ce n'est pas le genre d'homme à planter un couteau entre les côtes de son prochain à la sauvette, dit Battle en soupirant.

— À moins qu'il n'ait pas eu le choix, répliqua Poirot. Il est capable d'agir vite, ne l'oubliez pas.

Battle le regarda.

— Eh bien, monsieur Poirot, quelles sont vos cartes ? Vous n'avez pas encore abattu votre jeu.

Poirot sourit.

— J'en ai si peu ! Vous croyez que je vous cache des faits ? Pas du tout. Je n'ai pas appris grand-chose. Je me suis entretenu avec le Dr Roberts, avec Mrs Lorrimer, avec le major Despard — je dois encore m'entretenir avec miss Meredith —, et qu'ai-je appris ? Que le Dr Roberts est un observateur pénétrant, que Mrs Lorrimer a un remarquable pouvoir de concentration, mais qu'en conséquence elle est presque aveugle à ce qui l'entoure, et qu'elle adore les fleurs. Despard ne remarque que ce qui l'intéresse, les tapis, les trophées de chasse. Il n'a ni le regard porté vers l'extérieur de celui qui voit tout ce qui se passe autour de lui et qu'on appelle un observateur, ni le regard porté vers l'intérieur — la concentration, la convergence de la pensée sur un seul objet. Sa vue est sciemment limitée. Il ne voit que ce qui s'harmonise avec ses penchants.

— Et c'est ce que vous appelez des faits, hein ? demanda Battle avec curiosité.

— Ce *sont* des faits. De toutes petites broutilles, c'est bien possible.

— Et miss Meredith ?

— Je l'ai gardée pour la fin. Mais je lui demanderai aussi ce qu'elle se rappelle avoir vu dans la pièce.

— Drôle de méthode d'approche, remarqua Battle, pensif. Purement psychologique... Et s'ils vous menaient tous en bateau ?

Poirot secoua la tête en souriant.

— Non, ça c'est exclu. Qu'ils essaient de me faire obstacle ou de m'aider, ils me révèlent nécessairement leur tournure d'esprit.

— Oui, il y a du vrai là-dedans, dit Battle, songeur. Mais moi, je ne pourrais jamais travailler de cette façon-là.

— À côté de vous ou de Mrs Oliver, reprit Poirot toujours souriant, j'ai l'impression de m'être tourné les pouces. Sans parler du colonel Race. Les cartes que je place sur la table sont de toutes petites cartes.

Battle lui fit un clin d'œil :

— On pourrait répondre à ça que le deux de l'atout, qui est une petite carte, peut prendre n'importe lequel des trois autres as. Tout de même, je vais vous demander de faire quelque chose de pratique.

— C'est-à-dire ?

— J'aimerais que vous ayez un entretien avec la veuve du Pr Luxmore.

— Pourquoi ne le faites-vous pas vous-même ?

— Parce que, comme je vous l'ai dit, je pars pour le Devonshire.

— Pourquoi ne le faites-vous pas vous-même ? répéta Poirot.

— Vous ne vous laissez pas facilement décourager, hein ? Bon, je vais vous dire la vérité. Je ne pense pas que je pourrais en tirer autant que vous.

— Parce que mes méthodes sont moins directes ?

— On peut dire ça comme ça, répondit Battle en riant. L'inspecteur Japp prétend que vous avez l'esprit tortueux.

— Comme feu Mr Shaitana ?

— Vous pensez qu'il aurait été capable de lui tirer des renseignements ?

— Je pense plutôt qu'il lui avait *effectivement* tiré des renseignements.

— Qu'est-ce qui vous fait dire ça ? demanda vivement Battle.

— Une remarque fortuite du major Despard.

— Il se serait trahi ? Ce n'est pas son genre.

— Oh, mon cher ami, il est impossible de ne pas se trahir, à moins de ne jamais ouvrir la bouche. La parole est le plus fatal des révélateurs.

— Même quand on raconte des mensonges ? demanda Mrs Oliver.

— Oui, madame, parce qu'on s'aperçoit tout de suite que vous racontez *une certaine espèce de mensonges*.

— Vous me mettez mal à l'aise, déclara Mrs Oliver en se levant.

Le superintendant Battle la raccompagna à la porte et lui serra la main avec chaleur.

— Vous avez été épatante, lui dit-il. Vous êtes un bien meilleur détective que votre échalas de Lapon.

— Finlandais, corrigea Mrs Oliver. Évidemment, c'est un imbécile. Mais les gens l'adorent. Au revoir.

— Moi aussi, je dois partir, dit Poirot.

Battle nota une adresse sur un bout de papier qu'il lui fourra dans la main.

— Voilà. Allez la questionner.

Poirot sourit.

— Et que voulez-vous me voir trouver ?

— La vérité à propos de la mort du Pr Luxmore.

— Mon cher Battle ! Est-ce que quelqu'un connaît la vérité sur quoi que ce soit ?

— Eh bien, moi, je la connaîtrai pour ce qui est de cette histoire du Devon, répliqua Battle avec décision.

— Je me le demande, murmura Poirot.

20

LE TÉMOIGNAGE DE Mrs LUXMORE

Chez Mrs Luxmore, la femme de chambre qui ouvrit la porte à Hercule Poirot le dévisagea d'un air hautement réprobateur. Elle ne fit pas mine de le laisser entrer.

Imperturbable, Poirot lui tendit sa carte.

— Donnez ceci à votre patronne. Je pense qu'elle me recevra.

C'était une de ses cartes les plus ostentatoires. Les mots « Détective privé » s'étalaient dans un angle. Il les avait fait graver spécialement afin d'obtenir des entrevues avec ce qu'il est convenu d'appeler le sexe faible. Innocentes ou coupables, la plupart des femmes étaient curieuses de voir un détective privé en chair et en os et de savoir ce qu'il cherchait.

Honteusement abandonné sur le paillasson, Poirot examina avec un profond dégoût le heurtoir mal entretenu.

« Ah ! de la pâte à reluire et un chiffon ! » murmura-t-il pour lui-même.

La servante revint, tout excitée, et le pria d'entrer.

Elle le conduisit dans une pièce du premier étage, sombre et qui sentait les fleurs fanées et le tabac froid. Les nombreux coussins de soie aux couleurs exotiques avaient tous besoin d'un bon nettoyage. Les murs étaient vert émeraude et le plafond en imitation cuivre.

Une grande et assez belle femme se tenait près de la cheminée. Elle vint à sa rencontre et demanda d'une voix rauque :

— Monsieur Hercule Poirot ?

Poirot s'inclina. Pas comme à son habitude. Non seulement à la manière d'un étranger, mais en forçant la note. Avec des gestes baroques. Qui rappelaient vaguement, très vaguement, ceux de feu Mr Shaitana.

— Pourquoi vouliez-vous me voir ?

Poirot s'inclina à nouveau.

— Puis-je m'asseoir ? J'en ai pour un petit moment...

Elle lui désigna un siège et s'assit elle-même au bord d'un canapé.

— Oui, eh bien ?

— Voilà, madame, je me livre à une enquête... une enquête privée, vous comprenez ?

Plus il retardait ses explications, plus elle s'impatientait.

— Oui... et alors ?

— J'enquête sur la mort de feu le Pr Luxmore.

Elle étouffa un cri. Son désarroi était visible.

— Mais pourquoi ? Que voulez-vous dire ? En quoi cela vous concerne-t-il ?

Poirot la regarda attentivement avant de poursuivre :

— C'est que, vous comprenez, on est en train d'écrire un livre. Sur votre éminent époux. L'auteur, bien sûr, tient beaucoup à l'exactitude des faits. Au moment de la mort de votre mari, par exemple...

Elle l'interrompit aussitôt :

— Mon mari est mort des fièvres... sur l'Amazone.

Poirot se renversa dans son fauteuil. Lentement, très très lentement, il secoua la tête, d'un mouvement monotone et exaspérant.

— Madame, madame... protesta-t-il.

— Mais je le sais ! J'y étais à ce moment-là.

— Ça, oui, bien entendu. Vous étiez *sur les lieux.* C'est ce que dit mon information.

— Quelle information ? s'écria-t-elle.

— L'information que m'a donnée feu Mr Shaitana, déclara Poirot sans la quitter des yeux.

Elle réagit comme sous l'action d'un fouet.

— Shaitana, murmura-t-elle.

— Oui, un homme qui avait de vastes connaissances.

Un homme remarquable. Un homme qui était au courant de nombreux secrets.

— Sans doute, murmura-t-elle en humectant de la langue ses lèvres sèches.

Poirot se pencha vers elle et lui tapota le genou.

— Il savait, par exemple, que votre mari n'était pas mort des fièvres.

Elle le fixa d'un regard affolé, désespéré.

Il se renversa en arrière et observa l'effet de ses paroles.

Elle fit un effort pour se ressaisir.

— Je... je ne vois pas ce que vous voulez dire.

Elle avait déclaré ça sans conviction.

— Madame, je vais parler franchement. Je vais jouer cartes sur table, dit-il en souriant. Votre mari n'a pas été tué par les fièvres. *Il a été tué par une balle.*

— Oh ! s'écria-t-elle.

Elle se prit la tête dans les mains et se balança d'avant en arrière. Elle paraissait plongée dans l'affliction. Mais quelque part, au plus profond d'elle-même, elle se complaisait dans ses émotions. Poirot en était persuadé.

— En conséquence, madame, remarqua-t-il sans avoir l'air d'y toucher, vous feriez aussi bien de me raconter toute l'histoire.

Elle releva la tête :

— Cela ne s'est pas passé comme vous le pensez.

À nouveau, Poirot se pencha et lui tapota le genou.

— Vous m'avez mal compris, mal compris de bout en bout. Je sais très bien que ce n'est pas vous qui l'avez tué. C'est le major Despard. Mais vous en avez été la cause.

— Je ne sais pas. Je ne sais pas. Peut-être, oui. Tout cela a été tellement horrible. Je suis poursuivie par une espèce de fatalité.

— Ah ! c'est bien vrai, s'écria Poirot. Je l'ai remarqué je ne sais combien de fois. Il y a des femmes comme ça. Où qu'elles aillent, la tragédie marche dans leur sillage. Ce n'est pas leur faute. Les événements se produisent malgré elles.

Mrs Luxmore prit une profonde inspiration.

— Vous comprenez, je vois que vous comprenez. Tout est arrivé si naturellement...

— Vous voyagiez ensemble à l'intérieur du pays, n'est-ce pas ?

— Oui. Mon mari écrivait un livre sur diverses plantes rares. Le major Despard nous a été présenté comme un spécialiste de la région qui pourrait prendre l'expédition en charge. Il a beaucoup plu à mon mari et nous nous sommes mis en route.

Il y eut un silence. Poirot le laissa durer une minute et demie puis murmura, comme pour lui-même :

— Oui, je vois très bien la scène. Un fleuve qui roule ses eaux glauques... la nuit tropicale... le bourdonnement des insectes... le courageux militaire... la très jolie femme...

Mrs Luxmore soupira :

— Mon mari était beaucoup plus âgé que moi. J'étais encore une enfant quand je l'ai épousé. Je ne savais pas ce que je faisais...

Poirot secoua tristement la tête.

— Je sais. Je sais. Cela arrive. Cela arrive si souvent !

— Aucun de nous deux n'a voulu reconnaître la vérité, poursuivit Mrs Luxmore. John Despard n'a jamais ouvert la bouche. C'était l'honneur fait homme.

— Mais une femme ne l'ignore jamais, s'empressa de dire Poirot.

— Comme vous avez raison... Oui, une femme ne peut pas l'ignorer. Mais je ne lui ai jamais laissé voir que je le savais. Jusqu'à la fin, nous sommes restés l'un pour l'autre le major Despard et Mrs Luxmore. Nous étions tous deux déterminés à jouer le jeu.

Elle resta silencieuse, perdue dans l'admiration d'une si noble attitude.

— C'est vrai, murmura Poirot. Il faut être fair-play, comme au cricket. Comme le dit si joliment un de vos poètes : « Je ne t'aimerais pas tant, mon amour, si je n'aimais le cricket plus encore. »

— L'honneur, rectifia Mrs Luxmore en fronçant quelque peu le sourcil.

— Bien sûr, bien sûr... l'honneur. « Si je n'aimais l'honneur plus encore. »

— Cela aurait pu être écrit pour nous, murmura Mrs Luxmore. Quel qu'en soit le prix, nous étions tous deux décidés à ne jamais prononcer le mot fatal. Et puis...

— Et puis ? insista Poirot.

— Cette horrible nuit, dit Mrs Luxmore en frissonnant.

— Oui ?

— Je suppose qu'ils ont dû se disputer... le major Despard et Timothy, je veux dire. Je suis sortie de la tente... Je suis sortie de la tente...

— Oui ? Oui ?

Mrs Luxmore avait les yeux grands ouverts, le regard noir. Elle voyait la scène comme si elle se répétait devant elle.

— Je suis sortie de la tente, recommença-t-elle. John et Timothy étaient... Oh ! (Elle frissonna.) Je ne me souviens plus clairement. Je me suis interposée entre eux... J'ai dit : « Non... non, *ça n'est pas vrai !* » Timothy n'a rien voulu entendre. Il menaçait John. John a été obligé de tirer, pour sa propre sauvegarde. Ah ! s'écria-t-elle en se prenant la tête dans les mains. Il était mort... raide mort... touché au cœur.

— Un moment terrible pour vous, madame.

— Je ne l'oublierai jamais. John a été plein de noblesse. Il était décidé à se livrer. J'ai refusé d'en entendre parler. Nous avons discuté toute la nuit. « Faites-le pour moi », répétais-je. Il a fini par accepter. Il ne voulait pas que j'aie à en souffrir. Imaginez les gros titres : *Passions primitives. Deux hommes et une femme dans la jungle.*

» J'ai laissé la décision à John. À la fin, il a cédé. Les porteurs n'avaient rien vu, rien entendu. Timothy avait eu un accès de fièvre. Nous avons prétendu qu'il en était mort. Nous l'avons enterré là, sur les rives de l'Amazone.

Elle poussa un profond et douloureux soupir.

— Et puis, retour à la civilisation... et séparation définitive.

— C'était nécessaire, madame ?

— Oui. Mort, Timothy s'interposait entre nous.

Comme Timothy vivant... encore plus peut-être. Nous nous sommes dit adieu... pour toujours. Je rencontre parfois John Despard, dehors, dans le monde. Nous sourions, nous échangeons quelques politesses... personne ne pourrait deviner qu'il y a eu quoi que ce soit entre nous. Mais je lis dans ses yeux — et lui dans les miens — que nous n'oublierons jamais.

Il y eut un long silence. Poirot salua le baisser de rideau en prenant bien garde de ne pas rompre le silence en question.

Mrs Luxmore sortit un poudrier et se repoudra le nez... Le charme était brisé.

— Quelle tragédie ! remarqua Poirot, d'un ton plus normal.

— Vous voyez, monsieur Poirot, dit Mrs Luxmore avec sérieux, qu'il ne faut jamais raconter la vérité.

— Ce serait trop douloureux...

— Ce serait impossible. Cet ami, cet écrivain... il ne désire sûrement pas détruire la vie d'une femme rigoureusement innocente ?

— Ni même faire pendre un homme rigoureusement innocent ? murmura Poirot.

— C'est comme ça que vous voyez les choses ? J'en suis heureuse. Car il *est* innocent. Un crime passionnel n'est pas vraiment un crime. De toute façon, il était en état de légitime défense. Il *devait* tirer. Vous voyez bien, monsieur Poirot, que le monde doit continuer à penser que Timothy est mort des fièvres.

— Les écrivains sont parfois sans pitié, murmura Poirot.

— Votre ami serait-il misogyne ? Souhaiterait-il nous voir souffrir ? Vous ne le permettrez pas. Je ne vous le permettrai pas. Si c'est nécessaire, je prendrai la faute sur moi. Je dirai que c'est moi qui ai tiré sur Timothy.

Elle s'était levée, la tête rejetée en arrière.

Poirot se leva à son tour.

— Madame, dit-il en lui prenant la main, nous n'avons pas besoin d'un sacrifice aussi extraordinaire. Je ferai de mon mieux pour que la vérité ne soit jamais connue.

Le visage de Mrs Luxmore s'éclaira d'un doux sourire. Elle haussa la main de sorte que Poirot, quelle qu'ait été son intention, fut obligé de la lui baiser.

— Une femme malheureuse vous dit merci, monsieur Poirot.

C'était les derniers mots d'une reine persécutée à son courtisan favori, visiblement une phrase de congé. Poirot sortit donc aussitôt. Dehors, il prit une longue bouffée d'air pur.

21

LE MAJOR DESPARD

— Quelle femme ! murmura Hercule Poirot. Ce pauvre Despard ! Il a dû en voir de toutes les couleurs ! Quel voyage épouvantable !

Soudain, il éclata de rire.

Il était maintenant dans Brompton Road. Il s'arrêta, sortit sa montre et se livra à un rapide calcul.

— Mais oui, j'ai le temps. De toute façon, attendre un peu ne lui fera pas de mal. Je veux m'occuper d'abord de mon autre petit problème. Qu'est-ce donc que chantait ce policier anglais de mes amis — il y a combien de temps ?... quarante ans ? « Un brin de mouron pour l'oisillon »...

Tout en fredonnant cet air depuis longtemps oublié, Hercule Poirot pénétra dans une luxueuse boutique consacrée à la vêture et à la parure des femmes en général et se dirigea vers le rayon des bas.

Il choisit une demoiselle à l'air sympathique et pas trop hautain pour lui faire part de ses souhaits.

— Des bas de soie ? Oh, mais oui, en voici de très beaux. Garantis pure soie.

Poirot les écarta du geste. Il déploya de nouveau toute son éloquence.

— Des bas français ? Avec les droits de douane, vous savez, ils reviennent très cher.

Elle lui ouvrit d'autres boîtes.

— Ils sont très jolis, mademoiselle, mais ce que j'ai en tête est d'une texture plus fine.

— Ceux-ci sont des quinze deniers. Nous en avons

aussi, bien sûr, des extra-fins, mais ils coûtent hélas trente-cinq shillings la paire. Et, question solidité, ce n'est évidemment pas l'idéal. Du vrai fil d'araignée.

— C'est ce que je cherche. C'est exactement ce que je cherche.

La jeune femme reparut, cette fois, après une longue absence.

— Ils sont superbes, n'est-ce pas ?

D'une pochette arachnéenne, elle fit tendrement glisser des bas d'une finesse arachnéenne.

— Voilà ! C'est exactement ça !

— Ils sont splendides, n'est-ce pas ? Combien de paires, monsieur ?

— J'en voudrais... Laissez-moi réfléchir... dix-neuf paires.

La jeune vendeuse faillit tomber à la renverse derrière son comptoir et seul un long entraînement à dédaigner le client la maintint sur ses pieds.

— Pour deux douzaines, vous avez droit à une réduction, articula-t-elle avec peine.

— Non, j'en veux dix-neuf paires. De nuances légèrement différentes, s'il vous plaît.

La vendeuse s'empressa de les trier, en fit un paquet, prépara la facture.

Comme Poirot partait avec ses achats, la vendeuse du comptoir voisin remarqua :

— Je me demande qui est la fille qui a une chance pareille ? C'est sûrement un vieux dégoûtant. Oh ! mais elle le fait joliment bien marcher. Des bas à trente-sept shillings et six pence, tu te rends compte !

Sans savoir dans quelle estime le tenaient les vendeuses de chez Harvey Robinson, Poirot prit le chemin du retour.

Il était chez lui depuis environ une demi-heure quand on sonna à la porte. Le major Despard apparut un instant plus tard.

Visiblement, il avait du mal à se contenir.

— Pourquoi diable êtes-vous allé voir Mrs Luxmore ?

Poirot sourit.

— Je voulais connaître la vérité sur la mort du Pr Luxmore.

— La vérité ? Et vous croyez cette femme capable de dire la vérité sur quoi que ce soit ? demanda Despard, furibond.

— Eh bien, je m'interroge, reconnut Poirot.

— Je l'espère. Cette femme est folle à lier.

— Pas du tout. Elle est romanesque, voilà tout, objecta Poirot.

— Romanesque, mon œil ! Elle ment comme elle respire, oui ! Il m'arrive quelquefois de penser qu'elle croit à ses propres mensonges.

— C'est très possible.

— C'est une femme épouvantable. J'ai passé de sales quarts d'heure avec elle, là-bas.

— Ça aussi, je veux bien le croire.

Despard s'assit brusquement :

— Écoutez, monsieur Poirot, je vais vous dire la vérité.

— C'est-à-dire que vous allez me donner votre version des faits ?

— Ma version à moi, ce sera la vraie version.

Poirot ne répondit pas.

Despard reprit d'un ton sec :

— Je me rends bien compte que je n'ai aucun mérite à vous raconter cela maintenant. Je vais vous dire la vérité parce que c'est la seule chose à faire, à ce stade. Que vous me croyiez ou non, c'est votre affaire. Je n'ai rien pour prouver que mon histoire est la bonne.

Il s'arrêta un instant avant de se lancer :

— J'ai organisé l'expédition des Luxmore. C'était un brave type, toqué de mousses, de plantes et de ce genre de trucs. Elle était... ma foi, elle était ce que vous avez sans aucun doute remarqué. L'expédition, ç'a été un cauchemar. Je ne m'intéressais pas du tout à cette bonne femme — en fait, elle me déplaisait plutôt. C'est le genre exalté et sentimental qui me hérisse le poil. Les premiers quinze jours se sont plutôt bien passés. Puis nous avons tous eu un accès de fièvre. Léger en ce qui nous concerne, elle et moi. Le vieux Luxmore, lui, était mal en point. Une nuit — maintenant il faut que vous écoutiez ceci attentivement — j'étais assis devant ma tente. Tout d'un coup, j'aperçois Luxmore au loin, titubant dans les buissons qui longeaient le fleuve. Il était en proie au délire et ne savait plus ce qu'il faisait. Encore quelques pas et il tombait à l'eau... et à cet endroit, il n'avait aucune chance de s'en tirer. Lui porter secours serait impossible et il était trop tard pour lui courir après. Il ne restait qu'une chose à faire. J'avais mon fusil à portée de la main, comme d'habitude. Je l'ai saisi. Je suis plutôt bon tireur. J'étais sûr de pouvoir l'arrêter, de le toucher à la jambe. Seulement au moment où je faisais feu, cette imbécile de bonne femme est sortie de je ne sais où en hurlant : « Ne tirez pas. Au nom du ciel, ne tirez pas ! » Elle m'avait attrapé le bras et l'a fait légèrement dévier, juste au moment où le coup partait — si bien que la balle l'a atteint dans le dos et l'a tué net.

» Inutile de vous dire que ç'a été un sale moment à passer. Et cette idiote ne comprenait toujours pas ce qu'elle avait fait. Sans voir qu'elle était responsable de la mort de son mari, elle était convaincue que j'avais voulu abattre le pauvre vieux de sang-froid... par amour pour elle, s'il vous plaît ! Nous avons eu une scène à tout casser : elle voulait qu'on dise qu'il était mort des fièvres, elle n'en démordait pas. J'étais désolé pour elle, surtout que je voyais bien qu'elle ne se rendait pas compte de ce qu'elle avait fait. Il faudrait pourtant bien qu'elle finisse par comprendre, le jour où la vérité éclaterait ! Et puis l'absolue certitude qu'elle avait que j'étais follement amoureux d'elle commençait à me taper sur les nerfs. J'allais être dans de beaux draps si elle se mettait à proclamer ça partout. À la fin, j'ai accepté de faire ce qu'elle voulait... en partie pour avoir la paix, je l'avoue. Après tout, fièvres ou accident, cela n'avait pas beaucoup d'importance. Même si c'était la reine des gourdes, je ne tenais pas à lui attirer un tas de désagréments. Le lendemain, j'ai expliqué que le professeur était mort des fièvres et nous l'avons enterré. Les porteurs connaissaient la vérité, bien sûr, mais je savais qu'ils m'étaient entièrement dévoués et qu'ils étaient prêts à jurer tout ce que je voudrais si c'était nécessaire. Nous avons enterré le pauvre Luxmore, et nous sommes revenus à la civilisation. Depuis, j'ai passé une bonne partie de mon temps à éviter cette femme.

Il s'arrêta, puis dit tranquillement :

— Voilà mon histoire, monsieur Poirot.

Poirot réfléchit et demanda :

— C'est à cet incident que Mr Shaitana faisait allusion, du moins l'avez-vous pensé ce soir-là ?

Despard hocha la tête.

— Mrs Luxmore avait dû lui en parler. Pas sorcier de la lui faire raconter. C'est le genre de truc qui devait l'amuser.

— Dans les mains de quelqu'un comme Shaitana, cela risquait d'être dangereux... pour vous.

Despard haussa les épaules.

— Je n'avais pas peur de Shaitana.

Poirot ne répondit pas.

— Là aussi vous allez devoir me croire sur parole, reprit Despard d'un ton posé. Dans un sens, c'est vrai que j'avais une raison de tuer Shaitana. Bon, la vérité a vu le jour, maintenant — à vous de l'accepter ou de la récuser.

Poirot lui tendit la main.

— Je l'accepte, major Despard. Je suis convaincu que tout s'est passé comme vous me l'avez raconté.

Le visage de Despard s'éclaira.

— Merci, dit-il, laconique.

Et il serra chaleureusement la main de Poirot.

22

LE TÉMOIGNAGE DE COMBEACRE

Le superintendant Battle se trouvait au poste de police de Combeacre.

L'inspecteur Harper, le visage rougeaud, parlait à la manière plaisante et lente du Devonshire.

— C'est comme ça que cela s'est passé, monsieur. C'était clair comme de l'eau de roche. Le docteur était satisfait, tout le monde était satisfait. Pourquoi pas ?

— Répétez-moi tout ce qui concerne les deux bouteilles. Je veux que ce soit bien clair.

— C'était du sirop de figue. Elle en prenait régulièrement, semble-t-il. Et puis, il y avait cette teinture pour chapeaux qu'elle avait utilisée — ou plutôt que la jeune demoiselle, sa dame de compagnie, avait utilisée pour elle. Pour raviver un chapeau de jardin. Il en restait pas mal et comme la bouteille s'était cassée, Mrs Benson elle-même lui avait dit : « Mettez-la dans cette vieille bouteille de sirop de figue. » Ça, c'est incontestable. Les domestiques l'ont entendu. La jeune demoiselle, miss Meredith, et la femme de ménage et aussi la femme de chambre, elles sont toutes d'accord là-dessus. On a versé la teinture dans la bouteille de sirop et on l'a rangée sur la plus haute étagère de la salle de bains, un vrai fourbi.

— Et on n'a pas changé l'étiquette ?

— Non ! C'est de la négligence, bien sûr. Le coroner en a fait tout un plat.

— Continuez.

— Cette nuit-là, la défunte est allée dans la salle de

bains, a empoigné la bouteille de sirop de figue, et l'a bue. Dès qu'elle a compris ce qu'elle avait fait, on a envoyé chercher le médecin. Il était allé faire une visite et on a mis un certain temps à le joindre. On a eu beau faire, elle est morte.

— A-t-elle cru elle-même à un accident ?

— Oh oui, comme tout le monde. Dieu sait comment, les bouteilles avaient été interverties. Par la femme de ménage en époussetant, peut-être ? Mais elle a juré que non.

Silencieux, le superintendant Battle réfléchissait. Quelle simplicité. Une bouteille qu'on descend d'une étagère et qu'on met à la place d'une autre. Impossible de remonter à la source d'une erreur pareille. On avait opéré avec des gants, sans doute, et de toute façon les dernières empreintes auraient été celles de Mrs Benson elle-même. Oui, si simple... si facile. Mais un meurtre tout de même. Le crime parfait.

Mais pourquoi ? La question était toujours là... Pourquoi ?

— Cette jeune demoiselle de compagnie, cette miss Meredith, elle n'a rien touché à la mort de Mrs Benson ? demanda-t-il.

L'inspecteur Harper secoua la tête.

— Non. Elle n'était là que depuis environ six semaines. Une place pas commode, j'imagine. En général, les jeunes femmes n'y restaient pas longtemps.

Battle n'en était pas moins intrigué. Les jeunes filles ne restaient pas longtemps. Une femme difficile, de toute évidence. Mais si miss Meredith était malheureuse, elle pouvait s'en aller comme celles qui l'avaient précédée. Inutile de tuer — à moins que ce ne soit par pure vindicte ? Il secoua la tête. Cela ne sonnait pas juste.

— Qui a hérité de Mrs Benson ?

— Je ne sais pas au juste, monsieur, des neveux et nièces, je crois. Mais une fois le partage fait, il ne restait pas grand-chose. J'ai entendu dire que le principal de ses revenus provenait de son viager.

Donc, rien de ce côté-là. Mais Mrs Benson était

morte. Et Anne Meredith ne lui avait pas dit qu'elle avait été à Combeacre.

Tout cela laissait comme un goût d'insatisfaction.

Il mena une rapide enquête. Le médecin fut formel. Il n'y avait aucune raison de ne pas conclure à un accident. Miss... il ne se souvenait pas de son nom... gentille fille, mais désarmée, avait été bouleversée. Le vicaire se rappelait la demoiselle de compagnie de Mrs Benson, une fille charmante, à l'air modeste. Elle accompagnait toujours Mrs Benson à l'église. Mrs Benson était... oh ! non, pas difficile, mais un peu sévère envers les jeunes. C'était le genre de chrétienne qui ne badine pas avec la religion.

Battle interrogea encore une ou deux personnes mais n'apprit rien d'intéressant. On se rappelait à peine Anne Meredith. Elle avait vécu parmi eux quelques semaines, c'était tout, et sa personnalité n'était pas assez forte pour avoir laissé une empreinte durable. Une gentille fille, c'était l'image qu'on gardait généralement d'elle.

Le portrait de Mrs Benson se dessinait peu à peu. Une virago, sûre d'elle, qui faisait trimer ses domestiques et en changeait souvent. Une femme déplaisante, mais sans plus.

Quoi qu'il en soit, Battle quitta le Devonshire avec la ferme impression que, pour une raison inconnue, Anne Meredith avait froidement assassiné sa patronne.

23

LE TÉMOIGNAGE D'UNE PAIRE DE BAS DE SOIE

Tandis que le train du superintendant Battle roulait vers l'Est à travers l'Angleterre, Anne Meredith et Rhoda Dawes se trouvaient dans le salon d'Hercule Poirot.

Anne n'était pas disposée à accepter l'invitation qu'elle avait reçue par la poste ce matin-là, mais l'avis de Rhoda avait prévalu.

— Tu es lâche, Anne... oui, lâche. Ça ne sert à rien de jouer les autruches, de s'enfouir la tête dans le sable. Il y a eu meurtre et tu fais partie des suspects — la moins vraisemblable, peut-être — mais...

— Il ne manquerait plus que ça ! s'exclama Anne en plaisantant. C'est toujours la personne la moins vraisemblable qui est coupable.

— ... mais suspecte quand même, poursuivit Rhoda sans se laisser distraire par cette interruption. Alors, inutile de te pincer le nez comme si le meurtre sentait mauvais et ne pouvait en rien te concerner.

— Mais il ne me concerne en rien, persista Anne. Enfin, je veux bien répondre aux questions de la police. Mais ce type, Hercule Poirot, il n'a pas à se mêler de ce qui ne le regarde pas.

— Et que va-t-il se passer si tu l'évites et si tu refuses de répondre ? Il va penser que c'est la culpabilité qui t'étouffe.

— La culpabilité ne m'étouffe pas le moins du monde, décréta Anne froidement.

— Je sais bien, ma chérie. Même en te donnant un

mal de chien, tu ne serais pas capable de tuer quelqu'un. Mais ces horribles étrangers soupçonneux l'ignorent. Nous devrions aller bien gentiment chez lui. Sinon il viendra ici et tentera de tirer les vers du nez des domestiques.

— Nous n'avons pas de domestiques.

— Nous avons la mère Astwell. C'est un moulin à paroles. Viens, Anne, allons-y. Ce sera même amusant.

— Je ne comprends pas pourquoi il veut me voir, gronda Anne, obstinée.

— Pour battre la police officielle, bien sûr, répondit Rhoda avec impatience. C'est toujours ce qu'ils font, les amateurs, si tu vois ce que je veux dire. Ils sont convaincus que Scotland Yard est peuplé de novices sans cervelle.

— Tu crois que ce Poirot est malin ?

— Il n'a pas l'air de Sherlock Holmes, répondit Rhoda. Il a peut-être été bon dans son temps. Maintenant, il est gâteux. Il doit avoir au moins soixante ans. Oh ! assez, Anne, viens. Allons voir ce vieux beau. Il nous racontera peut-être des horreurs sur les autres.

— Bon, dit Anne, qui ajouta : Tout ça *t'amuse,* Rhoda.

— Peut-être parce que ce n'est pas à moi qu'on veut passer la corde au cou. Tu as été bien gourde, Anne, de ne pas lever les yeux au bon moment. Si tu l'avais fait, tu pourrais vivre comme une duchesse le restant de ta vie en faisant du chantage.

Et c'est ainsi que cet après-midi-là, vers 3 heures, Rhoda Dawes et Anne Meredith s'étaient retrouvées dans le coquet salon de Poirot, piquées au bord de leur fauteuil et contraintes de boire du sirop de mûre — qu'elles détestaient, mais elles étaient trop bien élevées pour refuser — dans des verres démodés.

— C'est très aimable à vous d'avoir accédé à ma requête, mademoiselle.

— Je serai heureuse de vous aider dans la mesure du possible, murmura Anne sans conviction.

— Il s'agit d'une question de mémoire.

— De mémoire ?

— Oui, j ai déjà posé cette question à Mrs Lorrimer,

au Dr Roberts et au major Despard. Aucun d'eux, hélas, ne m'a donné la réponse que j'espérais.

Anne continua à le regarder d'un air interrogateur.

— Je voudrais, mademoiselle, que vous vous reportiez en esprit dans le salon de Mr Shaitana.

Une ombre de lassitude passa sur le visage d'Anne. Ne serait-elle jamais débarrassée de ce cauchemar ?

Poirot remarqua son expression.

— Je sais, mademoiselle, je sais, dit-il gentiment. C'est pénible, n'est-ce pas ? C'est bien naturel. Jeune comme vous l'êtes, vous trouver en contact pour la première fois avec l'horreur... Vous n'avez probablement jamais assisté à une mort violente.

Rhoda, mal à l'aise, agita les pieds.

— Eh bien ? fit Anne.

— Reportez-vous en arrière. Je voudrais que vous me disiez ce qu'il y avait dans cette pièce.

Anne le regarda, méfiante :

— Je ne comprends pas.

— Mais si. Les chaises, les tables, la décoration, le papier peint, les rideaux, les chenets. Vous avez vu tout ça. Vous ne pouvez pas me les énumérer ?

— Oh, je vois, répondit Anne en hésitant, sourcils froncés. C'est difficile. Je ne pense pas que je m'en souvienne. Je ne saurais pas dire comment était le papier. Je crois que les murs étaient peints... d'une couleur neutre. Il y avait des tapis sur le sol. Il y avait un piano... (Elle secoua la tête.) Je ne peux vraiment pas vous en dire plus.

— Mais vous n'essayez pas, mademoiselle. Vous devez bien vous rappeler ne serait-ce qu'un objet, un ornement, un bibelot quelconque ?

— Il y avait un coffret de bijoux égyptiens. Ça, je m'en souviens, fit lentement Anne. Près de la fenêtre.

— Ah, oui, à l'opposé de l'endroit où se trouvait la table avec le petit stylet.

Anne le dévisagea.

— On ne m'a jamais dit sur quelle table il se trouvait.

« Pas si bête que ça, la petite, se dit Poirot. Mais Hercule Poirot ne l'est pas non plus. Si elle me connaissait mieux, elle saurait que je ne tendrais jamais un piège aussi grossier que ça ! »

Tout haut, il reprit :

— Vous avez dit un coffret de bijoux égyptiens ?

Anne répondit avec un certain enthousiasme :

— Il y en avait de ravissants. Bleu et rouge. Des émaux. Une ou deux bagues. Et des scarabées... mais je n'aime pas beaucoup ça.

— Mr Shaitana était un grand collectionneur, murmura Poirot.

— Oui, sans doute. La pièce était bourrée d'objets en tous genres. On ne pouvait pas tout regarder.

— Alors, rien d'autre ne vous a particulièrement frappée ?

— Seulement un vase de chrysanthèmes dont l'eau aurait bien eu besoin d'être changée, déclara Anne avec un petit sourire.

— C'est vrai, ça, les domestiques ne s'en occupent pas toujours comme il faudrait.

Poirot resta silencieux un moment.

— Je crains de ne pas avoir remarqué... ce que vous vouliez que je remarque, fit Anne d'une voix timide.

— Peu importe, mon enfant, affirma Poirot en souriant. C'était une simple tentative. Dites-moi, avez-vous vu ce bon major Despard récemment ?

Le visage d'Anne se colora quelque peu.

— Il a promis de revenir nous voir bientôt.

— En tout cas, ce n'est pas lui ! s'écria Rhoda avec fougue. Anne et moi, nous en sommes tout à fait sûres.

Poirot les regarda, l'œil pétillant.

— Heureux homme d'avoir su convaincre deux si charmantes jeunes femmes de son innocence !

« Seigneur ! pensa Rhoda. Il va se mettre à faire le Français maintenant ! Il n'y a rien qui me gêne à ce point-là. »

Elle se leva et examina les gravures accrochées au mur.

— Elles sont très belles, dit-elle.

— Elles ne sont pas mauvaises, acquiesça Poirot.

Il hésita, regarda Anne.

— Mademoiselle, dit-il enfin, puis-je vous demander

de me rendre un immense service ?... Oh, cela n'a rien à voir avec le meurtre. Il s'agit d'une affaire tout ce qu'il y a de personnelle... d'intime, même.

Anne parut un peu surprise, Poirot poursuivit sur un ton qui trahissait un certain embarras :

— C'est que Noël approche, voyez-vous. Je dois faire des cadeaux à mes nombreuses nièces et petites-nièces. Il est bien difficile de savoir ce qui plaît aux jeunes filles, aujourd'hui. Mes goûts sont, hélas, bien démodés.

— Oui ? fit Anne gentiment.

— Eh bien, voilà... Les bas de soie... Est-ce un cadeau qui fait plaisir ?

— Bien sûr, c'est toujours agréable de recevoir des bas de soie.

— Vous me soulagez. Maintenant, voilà le service que je vous demande. J'en ai de différents tons. Environ quinze ou seize paires. Pourriez-vous être assez aimable pour y jeter un coup d'œil et en sélectionner une demi-douzaine, ceux qui vous paraissent les plus jolis ?

— Mais bien volontiers, dit Anne en riant.

Poirot la conduisit vers une petite table située dans une alcôve... une table où les objets qui s'étalaient en désordre contrastaient étrangement — ce qu'elle ignorait — avec la méticulosité bien connue d'Hercule Poirot. Il y avait là des bas empilés n'importe comment, des gants fourrés, des calendriers et des boîtes de bonbons.

— J'expédie mes cadeaux longtemps à l'avance, expliqua Poirot. Voici les bas, mademoiselle. Je vous en conjure, choisissez-m'en six paires.

Il se retourna et intercepta au passage Rhoda qui l'avait suivi.

— Quant à vous, mademoiselle, j'ai quelque chose pour vous — un petit plaisir qui n'en serait pas un pour vous, je pense, mademoiselle Meredith.

— Qu'est-ce que c'est ? s'écria Rhoda.

Il baissa la voix.

— Un couteau, mademoiselle, avec lequel douze hommes en ont un jour poignardé un autre. Il m'a été offert en souvenir par la Compagnie internationale des Wagons-Lits.

— Quelle horreur ! s'écria Anne.

— Oh ! Montrez-le-moi, dit Rhoda.

Tout en parlant, Poirot l'entraîna.

— Il m'a été offert par la Compagnie internationale des Wagons-Lits parce que...

Ils passèrent dans l'autre pièce.

Ils regagnèrent le salon trois minutes plus tard. Anne vint vers eux.

— Je crois que ces six paires-là sont les plus ravissantes, monsieur Poirot. Ces deux-là seront très bien pour le soir, et celles-ci, d'un ton plus clair, conviendront en été, lorsqu'il fait jour très tard.

— Mille remerciements, mademoiselle.

Il leur offrit encore du sirop, qu'elles refusèrent, et il les raccompagna à la porte en bavardant avec entrain.

Dès qu'elles furent parties, il alla droit à la petite table encombrée. Les bas étaient toujours empilés en désordre. Poirot compta les six paires choisies, puis compta les autres.

Il avait acheté dix-neuf paires. Il n'y en avait plus que dix-sept.

Lentement, il hocha la tête.

24

ÉLIMINATION DE TROIS MEURTRIERS ?

De retour à Londres, le superintendant Battle se rendit directement chez Poirot. Anne et Rhoda étaient parties depuis au moins une heure.

Sans plus de cérémonie, le superintendant relata le résultat de son enquête dans le Devonshire.

— Nous avons mis le doigt dessus, il n'y a aucun doute, conclut-il. C'est bien ce que Shaitana sous-entendait avec son accident « domestique ». Mais ce qui m'échappe, c'est le mobile. Pourquoi vouloir tuer cette femme ?

— Je crois que là, je peux vous aider, mon bon ami.

— Allez-y, monsieur Poirot.

— Cet après-midi, je me suis livré à une petite expérience. J'ai invité la demoiselle et son amie à venir ici. J'ai posé ma question habituelle à propos de ce qu'il y avait dans le salon ce soir-là.

Battle le regarda avec curiosité.

— Cette question vous passionne !

— Oui. Elle est très utile. Elle m'apprend beaucoup de choses ! Mlle Meredith était méfiante, très méfiante... Cette jeune personne ne s'en laisse pas compter. Alors ce petit malin d'Hercule Poirot lui a joué un de ses meilleurs tours. Il lui tend d'abord un grossier piège d'amateur. La demoiselle mentionne un coffret de bijoux. Je lui demande s'il ne se trouvait pas à l'autre bout de la pièce, du côté opposé à la table où était le stylet. La demoiselle ne tombe pas dans le panneau. Elle l'évite habilement. Après quoi, rassurée, sa vigilance se relâche. Ainsi, c'était ça l'objet de la visite ?... Lui faire admettre qu'elle savait où se trouvait le stylet et qu'elle l'avait remarqué ?... Pensant qu'elle m'a battu, son moral remonte. Elle parle librement des bijoux. Elle se rappelle de nombreux détails. Elle ne se rappelle rien d'autre de la pièce, mis à part un vase de chrysanthèmes dont l'eau avait besoin d'être renouvelée.

— Eh bien ?

— Eh bien, c'est significatif, ça. Supposons que nous ignorions tout d'elle. Ses paroles nous donnent la clef de son caractère. Elle a remarqué les fleurs. Elle aime donc les fleurs ? Pas du tout, puisqu'elle n'a pas fait attention au grand vase de tulipes précoces qui auraient aussitôt attiré l'œil d'un amateur. Non, c'est la demoiselle de compagnie qui parle, celle que l'on paie pour mettre de l'eau fraîche dans les vases. Avec ça, voilà une fille qui aime les bijoux et les remarque. Est-ce que cela ne donne pas, pour le moins, à penser ?

— Je commence à voir où vous voulez en venir, remarqua Battle.

— Justement. Comme je vous l'ai dit l'autre jour, je joue cartes sur table. Lorsque vous avez résumé son histoire, et que Mrs Oliver nous a fait part de sa stupéfiante découverte, mon esprit s'est fixé aussitôt sur un point important. Le crime ne pouvait pas avoir été commis par intérêt puisque miss Meredith avait continué à travailler ensuite. Alors pourquoi ? J'ai analysé le personnage de miss Meredith tel qu'il apparaît superficiellement : une jeune fille plutôt timide, pauvre mais bien habillée, aimant les belles choses... Un caractère de voleur plus que de criminel. J'ai demandé aussitôt si Mrs Eldon était une femme ordonnée. Vous m'avez répondu que non. J'ai élaboré une hypothèse. Supposons que miss Meredith ait une faiblesse — qu'elle soit le genre de fille à commettre de menus larcins dans les grands magasins. Supposons que, pauvre, mais aimant les belles choses, elle dérobe une ou deux fois quelque chose à sa patronne. Une broche, peut-être, une pièce de monnaie ancienne par-ci, par-là, un collier de perles. Désordonnée, Mrs Eldon mettrait ces disparitions sur le compte de sa propre négligence. Elle ne soupçonnerait pas un instant sa gentille petite employée. Mais supposons qu'un autre genre de patronne — une de ces patronnes qui n'ont pas les yeux dans leur poche — accuse miss Meredith de vol. Ce serait un motif de meurtre. Comme je l'ai dit l'autre soir, seule la peur pourrait pousser miss Meredith à commettre un meurtre. Elle sait que son employeur pourra prouver le vol. Une seule chose peut la sauver : sa patronne doit mourir. Alors elle intervertit les bouteilles et Mrs Benson meurt, convaincue — ô ironie — qu'elle est responsable de sa propre mort, ne soupçonnant pas un instant que cette fille peureuse et terrorisée y est pour quelque chose.

— C'est possible, reconnut le superintendant Battle. Ce n'est qu'une hypothèse, mais c'est possible.

— C'est plus que possible, mon bon ami, c'est probable. Car cet après-midi, je lui ai tendu un joli petit piège... un vrai piège... après que le faux eut échoué. Si mes doutes étaient fondés, Anne Meredith ne résisterait jamais, au grand jamais, à la tentation d'une paire de bas de luxe. Je lui demande de m'aider. Je lui fais soigneusement comprendre que j'ignore le nombre exact de paires de bas que je possède, je la laisse seule dans la pièce... et le résultat, mon bon ami, c'est que j'ai maintenant dix-sept paires de bas au lieu de dix-neuf, et que deux paires sont parties dans le sac d'Anne Meredith.

— Pfff ! siffla Battle... Mais quel risque elle a pris !

— Pas du tout. De quoi pense-t-elle que je la soupçonne ? D'un meurtre. Que risque-t-elle alors à voler une ou deux paires de bas de soie ? Je ne recherche pas une voleuse. De toute façon, les voleurs et les kleptomanes sont toujours persuadés qu'ils s'en tireront.

Battle hocha la tête.

— C'est assez vrai. Remarquablement stupide, mais assez vrai. La cruche retourne toujours au puits. Bien, je crois qu'à nous deux nous avons découvert la vérité. Anne Meredith a été convaincue de vol. Anne Meredith a déplacé une bouteille d'une étagère sur une autre. Nous savons que c'est un meurtre... mais que je sois pendu si nous pouvons jamais le prouver. Crime parfait n° 2. Roberts s'en tire. Anne Meredith s'en tire. Et Shaitana ? Anne Meredith a-t-elle tué Shaitana ?

Il resta silencieux un moment puis secoua la tête.

— Non, ça ne colle pas, dit-il à contrecœur. Elle n'est pas du genre à prendre un risque. Intervertir deux bouteilles, soit. Elle savait qu'on ne pourrait pas lui en attribuer la faute. C'était absolument sans danger. N'importe qui aurait pu le faire. Bien sûr, cela aurait pu échouer. Mrs Benson aurait pu s'en apercevoir avant de boire, elle aurait pu ne pas mourir. C'est ce que j'appelle l'*espoir* de meurtre. Ça marche, ou ça ne marche pas. En fait, ça a marché. Mais Shaitana, c'est une autre paire de manches. C'est un meurtre audacieux, réfléchi, voulu.

Poirot hocha la tête.

— Je suis d'accord avec vous. Ce sont deux crimes de nature différente.

Battle se frotta le nez.

— Ce qui semble éliminer miss Meredith dans le cas de Shaitana. Et Despard ? Vous avez obtenu quelque chose de la veuve Luxmore ?

Poirot lui raconta son après-midi de la veille.

Battle sourit.

— Je connais le genre. Impossible de démêler la part du souvenir et la part de l'invention.

Poirot poursuivit. Il lui raconta la visite de Despard et l'histoire qu'il lui avait servie.

— Vous le croyez ? demanda Battle.

— Oui.

Battle soupira.

— Moi aussi. Ce n'est pas le genre à tirer sur un homme pour lui prendre sa femme. D'ailleurs, où est le mal à passer devant le juge des divorces ? On s'y bouscule... De plus, on ne peut pas dire que cela aurait nui à sa carrière. Non, à mon avis, notre regretté Mr Shaitana a fait fausse route avec Despard. Le meurtrier n° 3 n'était pas un meurtrier, après tout.

Il regarda Poirot.

— Ce qui nous laisse ?

— Mrs Lorrimer.

Le téléphone sonna. Poirot alla répondre. Il dit quelques mots, attendit, parla de nouveau. Puis il raccrocha et revint vers Battle.

Il avait le visage grave.

— C'était Mrs Lorrimer. Elle veut me voir... tout de suite.

Ils échangèrent un regard.

— Est-ce que je me trompe, ou espériez-vous quelque chose de ce genre ? demanda Battle.

— Je me le demandais, répondit Poirot. Je me le demandais, sans plus.

— Allez-y, dit Battle. Vous allez peut-être enfin découvrir la vérité.

25

Mrs LORRIMER PARLE

Le ciel était couvert, le salon de Mrs Lorrimer triste et sombre. Elle-même avait la mine défaite et paraissait beaucoup plus âgée que lors de la précédente visite de Poirot.

Elle l'accueillit avec la même assurance souriante.

— Vous êtes très aimable d'être venu si vite, monsieur Poirot. Je sais que vous êtes un homme fort occupé.

— Toujours à vos ordres, madame, répondit Poirot en s'inclinant.

Mrs Lorrimer sonna.

— On va nous apporter du thé. J'ignore ce que vous en pensez, mais j'ai toujours considéré que c'était une erreur de précipiter les confidences sans avoir d'abord préparé le terrain.

— Parce qu'il doit y avoir confidences, madame ?

Mrs Lorrimer ne répondit pas car la femme de chambre venait d'entrer. Quand elle fut repartie avec ses instructions, Mrs Lorrimer déclara, narquoise :

— Quand vous étiez ici, la dernière fois, vous m'avez promis que vous viendriez si je vous le demandais. J'imagine que vous aviez une idée de la raison qui pourrait m'y pousser ?

On apporta le thé, et la question en resta là. Mrs Lorrimer, tout en faisant le service, parla avec intelligence de divers sujets d'actualité.

Profitant d'un silence, Poirot remarqua :

— J'ai appris que vous aviez pris le thé l'autre jour avec la petite Meredith.

— C'est exact. Vous l'avez vue récemment ?

— Cet après-midi même.

— Elle est à Londres, alors... ou bien êtes-vous allée à Wallingford ?

— Non. Son amie et elle ont eu la gentillesse de me rendre visite.

— Ah ! son amie. Je ne l'ai jamais rencontrée.

Poirot sourit.

— Ce meurtre a favorisé les rapprochements. Mlle Meredith et vous avez pris le thé ensemble. Le major Despard, lui aussi, semble cultiver ses relations avec elle. Le Dr Roberts est peut-être le seul à se tenir à l'écart.

— Je l'ai rencontré à un bridge, l'autre jour. Il avait toujours l'air aussi jovial.

— Toujours passionné de bridge ?

— Oui... faisant des annonces plus extravagantes que jamais et s'en tirant presque toujours bien.

Elle resta un instant silencieuse, puis demanda :

— Avez-vous vu le superintendant Battle récemment ?

— Oui, cet après-midi. Il était chez moi quand vous avez appelé.

Protégeant de la main son visage des ardeurs du feu, Mrs Lorrimer s'enquit :

— Où en est-il ?

— Ce brave Battle n'est pas très rapide, répondit gravement Poirot. Il y va lentement, mais il y arrivera sûrement, madame.

— Je me le demande, dit-elle avec un petit sourire ironique. Il m'a accordé beaucoup d'attention. Il est remonté dans mon passé jusqu'à ma petite enfance. Il a interrogé mes amis, bavardé avec mes domestiques, ceux que j'ai actuellement et ceux que j'ai eus autrefois. Je ne sais pas ce qu'il espérait trouver mais il ne l'a certainement pas trouvé. Il aurait pu aussi bien s'en tenir à ce que je lui avais dit. C'était la vérité. Je connaissais à peine Mr Shaitana. Je l'avais rencontré à Louxor, et nos relations mondaines étaient restées à l'état de relations mondaines. Le superintendant Battle ne pourra jamais sortir de là.

— Peut-être.

— Et vous, monsieur Poirot, avez-vous mené votre enquête ?

— Sur vous, madame ?

— C'est bien le sens de ma question.

Poirot secoua lentement la tête.

— C'eût été en pure perte.

— Qu'entendez-vous par là, monsieur Poirot ?

— Je serai franc, madame. J'ai compris tout de suite que, des quatre personnes présentes le soir du meurtre, c'est vous qui aviez la tête la mieux faite, la plus froide, la plus logique. Si j'avais à parier sur celui de vous quatre qui serait le plus capable de projeter un crime et de s'en tirer avec succès, c'est sur vous que je placerais mon argent.

Mrs Lorrimer haussa les sourcils.

— Dois-je me sentir flattée ?

— Pour qu'un crime soit un beau crime — appelons ça un crime réussi, il est généralement nécessaire d'en prévoir jusqu'aux plus infimes détails. La moindre éventualité doit être prise en compte. Le *chronométrage* doit être rigoureux. La *mise en scène* impeccable. Le Dr Roberts serait capable de rater un crime par excès de hâte et de confiance en soi. Le major Despard est sans doute trop prudent pour en commettre un. Miss Meredith perdrait la tête et se trahirait. Vous, madame, vous ne feriez rien de tout ça. Vous garderiez la tête froide, vous auriez le caractère assez déterminé et vous pourriez être assez obsédée par une idée fixe pour oublier toute prudence. Vous n'êtes pas de celles qui perdent la tête.

Mrs Lorrimer resta silencieuse un moment, un étrange sourire aux lèvres. Puis elle déclara enfin :

— Voilà donc ce que vous pensez de moi, monsieur Poirot. Que je suis le genre de femme à commettre un crime idéal ?

— Vous avez au moins l'amabilité de ne pas vous en offusquer.

— Je trouve ça très intéressant. Ainsi, vous pensez

que je suis la seule personne qui aurait pu réussir le meurtre de Shaitana ?

— Il reste toutefois un obstacle, madame, dit lentement Poirot.

— Vraiment ? Racontez-moi ça.

— Vous avez sans doute remarqué ce que j'ai dit, quelque chose comme : « Pour qu'un crime soit réussi, il est généralement nécessaire d'en prévoir jusqu'aux plus infimes détails. » Je voudrais attirer votre attention sur le mot « généralement ». Car il existe un autre genre de crime réussi. Vous n'avez jamais dit soudain : « Lance une pierre et vois si tu arrives à toucher cet arbre » à quelqu'un qui obéit immédiatement, sans réfléchir et, ô surprise ! *met en plein dans le mille* ? Mais si ce quelqu'un veut réitérer son geste, cela devient beaucoup plus difficile... parce qu'il commence à *réfléchir*. « Comme ça... non, pas si fort... un peu plus à droite... un peu plus à gauche. » La première action avait été presque inconsciente, le corps obéissant à l'esprit comme chez un animal. Eh bien, madame, il y a des meurtres de ce genre, commis sous l'impulsion du moment, sur une inspiration, un trait de génie, sans avoir eu le temps de réfléchir. Et c'est ainsi, madame, que Mr Shaitana a été tué. Une nécessité, une inspiration soudaine, une exécution foudroyante...

Il secoua la tête.

— Et ça, madame, ce n'est pas du tout votre genre de crime. Si vous aviez tué Shaitana, c'eût été un meurtre prémédité.

— Je vois, dit-elle en agitant la main pour se protéger de la chaleur de l'âtre. Et comme, bien entendu, ce n'était pas un meurtre prémédité, je ne peux pas l'avoir tué... C'est bien ça, monsieur Poirot ?

Poirot s'inclina.

— C'est exact, madame.

— Et pourtant...

Cessant de s'éventer, elle se pencha vers lui :

— *... et pourtant, j'ai bel et bien tué Shaitana, monsieur Poirot.*

26

LA VÉRITÉ

Il y eut un silence, un très long silence.

Il faisait de plus en plus sombre. Les flammes dansaient dans la cheminée.

Mrs Lorrimer et Hercule Poirot ne se regardaient pas, ils regardaient le feu. C'était comme si le temps s'était arrêté.

Enfin Hercule Poirot s'agita et soupira.

— Alors c'était ça... Pourquoi l'avez-vous tué, madame ?

— Je pense que vous ne l'ignorez pas, monsieur Poirot.

— Parce qu'il savait quelque chose sur vous... quelque chose qui était arrivé il y a longtemps ?

— Oui.

— Et ce quelque chose, madame, c'était... une autre mort ?

Elle inclina la tête.

— Pourquoi me l'avouez-vous ? demanda Poirot avec douceur. Pourquoi m'avez-vous appelé aujourd'hui ?

— Vous m'aviez dit un jour que je serais amenée à le faire tôt ou tard.

— Oui... c'est-à-dire, j'espérais... Je savais, madame, qu'il n'y avait qu'un moyen d'apprendre la vérité sur vous — c'était de votre propre consentement. Si vous ne vouliez pas parler, vous ne parleriez pas et vous ne vous trahiriez jamais. Nous n'avions qu'une chance : c'est que vous *souhaitiez* vous-même parler.

Mrs Lorrimer hocha la tête.

— C'était intelligent de prévoir ça... la lassitude... la solitude...

Sa voix s'éteignit.

Poirot la regarda avec curiosité.

— Alors c'était ça ? Oui, je peux le comprendre...

— J'étais seule... terriblement seule, poursuivit Mrs Lorrimer. Personne ne sait ce que cela signifie à moins d'avoir vécu, comme moi, avec le souvenir de ce qu'on a fait.

— Considérez-vous cela comme une impertinence, madame, dit Poirot avec douceur, ou puis-je me permettre de vous offrir ma sympathie ?

Elle inclina la tête.

— Merci, monsieur Poirot.

Il y eut un nouveau silence, puis Poirot demanda d'un ton plus vif :

— Dois-je comprendre, madame, que vous avez pris les paroles de Mr Shaitana comme une menace dirigée directement contre vous ?

Elle hocha la tête.

— Je me suis tout de suite rendu compte qu'il s'exprimait de façon à n'être compris que par une seule personne. Cette personne, c'était moi. L'allusion au poison qui serait l'arme des femmes me visait, moi... *Il savait*. Je l'avais déjà pensé une fois. Il avait amené la conversation sur un procès célèbre, et j'avais remarqué qu'il surveillait ma réaction. Il y avait quelque chose d'inquiétant dans son regard. Bien entendu, l'autre soir, j'ai été définitivement convaincue qu'il savait.

— Et vous étiez certaine, aussi, de ses intentions futures ?

Ironique, Mrs Lorrimer répliqua :

— Il était difficile de penser que le superintendant Battle et vous étiez là par hasard. J'ai supposé que Shaitana allait faire la démonstration de sa propre intelligence en vous prouvant à tous les deux qu'il avait découvert quelque chose que personne d'autre n'avait soupçonné.

— Combien de temps avez-vous mis à vous décider, madame ?

Mrs Lorrimer hésita un instant.

— Je ne me souviens plus du moment exact où l'idée m'en est venue, répondit-elle. J'avais remarqué le stylet avant de passer à table. Quand nous sommes retournés au salon, je l'ai pris et l'ai glissé dans ma manche. Personne ne m'avait vue. Je m'en suis assurée.

— Vous avez dû faire ça avec dextérité, je n'en doute pas, madame.

— J'ai alors décidé exactement comment j'allais procéder. Il ne restait plus qu'à agir. C'était risqué, peut-être, mais cela valait la peine d'essayer.

— Là, c'est votre sang-froid, votre habileté à peser le pour et le contre, qui sont entrés en jeu. Oui, je vois très bien ça.

— Nous avons commencé à jouer, poursuivit Mrs Lorrimer d'une voix froide et indifférente. Enfin une occasion s'est présentée. Je faisais le mort. Je me suis rapprochée de la cheminée. Shaitana s'était endormi. J'ai jeté un coup d'œil aux autres. Ils étaient tous plongés dans le jeu. Je me suis penchée et... et je l'ai fait.

Sa voix trembla juste un peu, mais reprit aussitôt sa froideur distante.

— Je lui ai parlé. Il m'était venu l'idée que cela me fournirait une espèce d'alibi. J'ai fait une remarque sur le feu, puis j'ai fait comme s'il me répondait, et j'ai répliqué quelque chose comme : « Je suis d'accord avec vous. Moi aussi je déteste les radiateurs. »

— Et il n'a pas crié du tout ?

— Non. Je crois qu'il a poussé une sorte de grognement, un point c'est tout. De loin, on a pu confondre cela avec des mots.

— Et ensuite ?

— Et ensuite, je suis retournée à la table de jeu. On en était à la dernière levée.

— Vous vous êtes donc assise et vous avez recommencé à jouer ?

— Oui.

— Avec suffisamment d'intérêt pour pouvoir me donner les jeux et les annonces, deux jours plus tard ?

— Oui, répondit simplement Mrs Lorrimer.

— Confondant ! s'écria Poirot.

Il se carra dans son fauteuil. Il hocha la tête à plusieurs reprises. Puis, histoire de changer, la secoua.

— Il reste quelque chose que je ne comprends pas.

— Oui ?

— Il me semble que j'ai dû omettre un facteur. Vous êtes une femme qui pesez soigneusement le pour et le contre. Pour une raison quelconque, vous décidez de courir un risque énorme. Vous le faites, et avec succès. Et quinze jours plus tard, à peine, vous changez d'idée. Franchement, madame, cela ne me paraît pas sonner juste.

Elle eut un étrange sourire.

— Vous avez tout à fait raison, monsieur Poirot. Il y a un facteur que vous ignorez. Miss Meredith vous a dit où elle m'avait rencontrée, l'autre jour ?

— Oui, je crois que c'était près de chez Mrs Oliver.

— Peut-être. Mais je parlais du nom de la rue. Miss Meredith m'a rencontrée dans Harley Street.

— Ah ! fit Poirot en la regardant avec attention. Je commence à comprendre.

— Oui, je le pensais bien. J'étais allée consulter un spécialiste. Il m'a confirmé ce que je soupçonnais déjà.

Son sourire s'élargit. Il n'avait plus rien d'amer. Il était soudain plein de douceur.

— Je ne jouerai plus beaucoup au bridge, monsieur Poirot. Oh, il ne m'a pas dit ça en ces termes, il m'a un peu enveloppé la vérité. En prenant beaucoup de précautions, etc, etc., il se pourrait bien que je vive plusieurs années. Mais je ne prendrai pas de grandes précautions, ce n'est pas dans mon tempérament.

— Oui, oui, je commence à comprendre, répéta Poirot.

— Cela fait une différence, vous savez. Un mois... deux mois peut-être... pas plus. Et puis, comme je sortais de chez le spécialiste, j'ai aperçu miss Meredith. Je l'ai invitée à prendre le thé.

Elle s'arrêta et reprit :

— En fin de compte, je ne suis pas foncièrement mauvaise. Pendant que nous buvions notre thé, j'ai réfléchi. Par mon acte, j'avais non seulement privé Mr Shaitana de la vie — c'était fait et ne pouvait être défait — j'avais aussi, à divers degrés, bouleversé l'existence de trois autres personnes. À cause de moi, le Dr Roberts, le major Despard et miss Meredith, qui ne m'avaient causé aucun tort, traversaient une terrible épreuve et pouvaient même se trouver en péril. Cela au moins je pouvais le défaire. Je ne peux pas dire que j'étais particulièrement émue par la situation du Dr Roberts ou du major Despard — encore qu'il leur restât plus de temps à vivre que moi. C'était des hommes et, dans une certaine mesure, ils pouvaient se débrouiller tout seuls. Mais quand je regardais Anne Meredith...

Elle hésita, puis continua lentement :

— Anne Meredith n'était qu'une gamine. Elle avait toute sa vie devant elle. Cette malheureuse histoire risquait de briser cette vie...

» Cette idée ne me plaisait pas...

» C'est alors que j'ai compris, monsieur Poirot, que votre suggestion allait se réaliser. Je ne pouvais plus garder le silence. Cet après-midi, je vous ai téléphoné...

Les minutes passèrent.

Hercule Poirot se pencha vers Mrs Lorrimer. Dans le soir qui tombait, il la dévisagea avec insistance. Elle soutint son regard sans se troubler.

— Mrs Lorrimer, dit-il enfin, êtes-vous sûre... *affirmez-vous catégoriquement* — vous allez me dire la vérité, n'est-ce pas ? — *que le meurtre de Mr Shaitana n'était pas prémédité ?* Ne serait-il pas plus juste d'avouer que vous aviez planifié ce crime *à l'avance,* que vous êtes allée à ce dîner, le meurtre déjà tout élaboré dans votre esprit ?

Mrs Lorrimer le regarda fixement un instant puis secoua énergiquement la tête.

— Non, dit-elle enfin.

— Vous n'aviez pas projeté ce crime à l'avance ?

— Certainement pas.

— Dans ce cas... oh, vous êtes en train de me mentir... vous êtes sûrement en train de me mentir !

La voix de Mrs Lorrimer s'éleva, coupante comme la glace.

— Vraiment, monsieur Poirot, vous vous oubliez !

Le petit homme sauta sur ses pieds. Et, marmonnant des propos sans suite et poussant des interjections sans fin, il se mit à marcher de long en large.

Tout à coup, il demanda :

— Vous permettez ?

Et, allant jusqu'à l'interrupteur, il alluma l'électricité.

Il revint, s'assit dans son fauteuil, les mains sur ses genoux, et dévisagea son hôtesse.

— La question est la suivante : Hercule Poirot peut-il se tromper ?

— Personne ne peut avoir toujours raison, répliqua froidement Mrs Lorrimer.

— Moi, si. J'ai toujours raison. Avec une telle constance que j'en suis moi-même surpris. Mais cette fois-ci, il semble... que je me sois bel et bien trompé, trompé du tout au tout. Et cela m'inquiète. Je suppose que vous savez ce que vous dites. Après tout, c'est votre meurtre ! Ce serait fantastique qu'Hercule Poirot sache mieux que vous comment vous l'avez commis.

— Fantastique et absurde, rétorqua Mrs Lorrimer, encore plus froidement.

— Dans ce cas, c'est que je suis fou. Irrémédiablement fou... Non, sacré nom d'un petit bonhomme, je ne suis *pas* fou. J'ai raison. Je dois avoir raison. Je suis disposé à croire que vous avez tué Mr Shaitana... *mais vous ne pouvez pas l'avoir tué de la manière que vous prétendez*. Personne ne peut faire quelque chose qui n'est pas dans son caractère !

Il s'interrompit. Mrs Lorrimer respira avec force et se mordit la lèvre. Elle allait parler quand il la devança.

— Ou le meurtre de Mr Shaitana a été prémédité, *ou vous ne l'avez pas tué.*

— Je pense que vous êtes vraiment fou, monsieur Poirot, rétorqua Mrs Lorrimer. Si j'accepte de reconnaître que j'ai commis ce crime, je ne vois pas pourquoi je mentirais à propos de la manière dont je l'ai commis. Dans quel but ?

Poirot se leva de nouveau, fit le tour de la pièce et revint s'asseoir, tout changé. Brusquement aimable et gentil.

— Vous n'avez pas tué Shaitana, dit-il d'une voix

douce. J'y vois clair maintenant, j'y vois très clair. Harley Street. Et la petite Anne Meredith perdue sur le trottoir. Je vois aussi une autre jeune fille, il y a bien longtemps, une jeune fille qui a traversé la vie toute seule, « terriblement seule ». Oui, je vois très bien. Mais il y a une chose que je ne saisis pas... D'où vous vient la certitude qu'Anne Meredith est coupable ?

— Vraiment, monsieur Poirot...

— Inutile de protester, madame. Inutile aussi de continuer à me mentir. Je vous le répète, *je connais la vérité.* Je sais à quels sentiments vous étiez en proie ce jour-là, dans Harley Street. Vous ne l'auriez pas fait pour le Dr Roberts... oh, non ! Vous ne l'auriez pas fait non plus pour le major Despard. Mais Anne Meredith, c'est différent. Vous éprouvez de la compassion pour elle, *parce qu'elle a fait ce qu'il vous est arrivé de faire.* Vous ne savez même pas, du moins, j'imagine, le *motif* de son crime. Mais vous êtes certaine qu'elle est coupable. Vous en êtes certaine depuis le premier soir — le soir où ça s'est passé — depuis que le superintendant Battle vous a demandé votre avis. Comme vous voyez, j'ai tout compris. Inutile de mentir encore. Vous en êtes bien convaincue, non ?

Il attendit une réponse qui ne vint pas. Il hocha la tête avec satisfaction.

— Vous avez du cœur. C'est bien. Vous avez agi noblement, madame, en prenant la faute sur vous pour sauver cette gamine.

— Vous oubliez, ironisa Mrs Lorrimer, que je ne suis pas une sainte. Il y a des années, monsieur Poirot, j'ai tué mon mari...

Il y eut un instant de silence.

— Je comprends, fit Poirot. C'est une question de justice. De pure et simple justice. Vous avez l'esprit logique. Vous voulez souffrir pour l'acte que vous aviez commis. Un meurtre est un meurtre, quelle qu'en soit la victime. Vous êtes courageuse, madame, et vous êtes clairvoyante. Mais je vous le demande encore : *Comment pouvez-vous en être sûre ?* Comment savez-vous que c'est Anne Meredith qui a tué Mr Shaitana ?

Mrs Lorrimer poussa un profond soupir. Ses dernières défenses avaient cédé devant l'insistance de Poirot. Elle répondit à sa question avec simplicité, comme une enfant :

— Parce que je l'ai vue faire.

27

LE TÉMOIN OCULAIRE

Soudain, Poirot éclata de rire. Il n'avait pas pu s'en empêcher. Il avait renversé la tête en arrière et son rire haut perché remplissait la pièce.

— Pardon, madame, dit-il en s'essuyant les yeux. C'était plus fort que moi. Nous discutons, nous raisonnons, nous nous posons des questions, nous invoquons la psychologie... alors qu'*il existe un témoin oculaire du crime.* Je vous en prie, racontez-moi ça !

— La soirée était assez avancée. Anne Meredith faisait le mort. Elle s'est levée, a jeté un coup d'œil sur le jeu de son partenaire, puis s'est promenée dans la pièce. La partie n'était pas très intéressante, et le résultat connu d'avance. Je n'avais pas besoin de me concentrer sur les cartes. Nous en étions aux trois dernières levées quand j'ai regardé du côté de la cheminée. Anne Meredith était penchée sur Mr Shaitana. Pendant que je l'observais, elle s'est redressée. En fait, elle avait la main posée sur la poitrine de Shaitana, geste qui a éveillé mon attention. Alors j'ai aperçu son visage et le rapide regard qu'elle a lancé dans notre direction. La culpabilité, la peur, voilà ce que j'ai lu sur ce visage. Bien sûr, j'ignorais à ce moment-là ce qui venait de se passer. Je me demandais simplement ce que diable elle avait bien pu faire. Plus tard... j'ai compris.

Poirot hocha la tête.

— Mais elle ne savait pas que vous saviez. Elle ne savait pas que vous l'aviez vue ?

— Pauvre gosse, dit Mrs Lorrimer. Jeune, effrayée...

son chemin à faire dans la vie... Cela vous étonne que je... eh bien, que j'aie tenu ma langue ?

— Non, non, cela ne m'étonne pas.

— Surtout sachant que je... que moi-même...

Elle termina sa phrase par un haussement d'épaules.

— Ce n'était certainement pas à moi de me dresser en accusateur. Cela regardait la police.

— D'accord, mais aujourd'hui, vous êtes allée plus loin.

— Je n'ai jamais été du genre à céder à l'attendrissement ou à compatir aux malheurs d'autrui, mais je suppose que cela vient avec l'âge. Je vous assure qu'il ne m'arrive pas souvent d'être guidée par la pitié.

— Ce n'est pas toujours un très bon guide, madame. Miss Anne est jeune et fragile, elle a l'air timide et apeurée... oh ! oui, elle paraît tout ce qu'il y a de plus digne de compassion. Mais, moi, je ne suis pas d'accord. Voulez-vous savoir, madame, pourquoi miss Meredith a tué Mr Shaitana ? C'est parce qu'il savait qu'elle avait tué auparavant une vieille dame dont elle était la demoiselle de compagnie — laquelle vieille dame l'avait surprise à chaparder.

Un peu stupéfaite, Mrs Lorrimer le regarda.

— C'est vrai, ça, monsieur Poirot ?

— En tout cas, j'en ai l'intime conviction. Elle est si douce, si gentille... mais ça, ce ne sont que des on-dit. Parce que, enfin, elle est dangereuse, madame, cette petite demoiselle Anne ! Quand sa sécurité ou son confort sont menacés, elle frappe sauvagement, sournoisement. Miss Anne ne s'arrêtera pas à ces deux crimes. Ils vont l'enhardir...

— Ce que vous dites est horrible, monsieur Poirot. Horrible ! s'écria Mrs Lorrimer.

Poirot se leva.

— Je dois m'en aller, maintenant. Pensez à ce que je vous ai dit.

Mrs Lorrimer semblait troublée. Elle essaya d'endosser son ancien personnage :

— Si cela me convient, monsieur Poirot, je refuserai de reconnaître que nous avons eu cette conversation. Vous n'avez pas de témoin, ne l'oubliez pas. Ce que je vous ai dit avoir vu ce fameux soir... eh bien, doit rester entre nous.

— Je ne ferai rien sans votre consentement, madame, lui répondit Poirot avec gravité. J'ai mes propres méthodes. Maintenant que je sais où je vais...

Il lui prit la main et la porta à ses lèvres.

— Permettez-moi de vous dire, madame, que vous êtes une femme remarquable. Je vous présente mes hommages et mes respects. Oui, vraiment, une femme comme il n'en existe pas une sur mille. Vous n'avez pas fait ce que neuf cent quatre-vingt-dix-neuf femmes sur mille n'auraient pas résisté à faire.

— C'est-à-dire ?

— M'expliquer pourquoi vous avez tué votre mari et combien cette mesure était justifiée.

Mrs Lorrimer prit une attitude raide et hautaine.

— Écoutez, monsieur Poirot, ces raisons ne regardent que moi.

— Prodigieux ! s'exclama Poirot.

Et, après avoir porté de nouveau sa main à ses lèvres, il s'en fut.

Il faisait froid dehors, et il n'y avait pas de taxi en vue.

Tout en marchant, il réfléchissait. De temps à autre, il hochait la tête. Une fois, il la secoua.

Il regarda en arrière. Quelqu'un montait le perron de Mrs Lorrimer. La silhouette rappelait beaucoup celle d'Anne Meredith. Il hésita juste un instant à revenir sur ses pas mais, finalement, poursuivit sa route.

Quand il arriva chez lui, Battle était parti sans laisser de message.

Il lui téléphona aussitôt.

— Allô ! Vous tenez quelque chose ? demanda Battle.

— Je crois bien, mon bon ami. Il faut arrêter la petite Meredith... et sans perdre un instant.

— Je vais l'arrêter... mais pourquoi cette précipitation ?

— Parce que, mon bon ami, elle peut devenir dangereuse.

Battle resta un instant silencieux. Puis il reprit :

— Je vois ce que vous voulez dire. Mais il n'y a personne... Oh ! bon, il vaut mieux ne pas prendre de risques. En fait, je lui ai écrit. Un mot officiel disant que je passerais la voir demain. J'ai pensé qu'il ne serait peut-être pas mauvais de lui faire perdre son sang-froid.

— C'est au moins une possibilité. Pourrai-je vous accompagner ?

— Bien sûr. Tout l'honneur sera pour moi, monsieur Poirot.

Poirot raccrocha, pensif.

Il n'avait pas l'esprit en paix. Il resta longtemps assis devant le feu, les sourcils froncés. Il finit par mettre ses craintes et ses doutes de côté et par aller se coucher.

— On verra ça demain matin, murmura-t-il.

Mais ce que le lendemain matin lui réservait, il n'en avait pas la moindre idée.

28

SUICIDE

La nouvelle fit à Poirot l'effet d'une bombe. Elle lui fut communiquée par téléphone, au moment où il prenait son café.

Il décrocha et entendit la voix de Battle.

— Allô ! monsieur Poirot ?

— Lui-même. Que vous arrive-t-il ?

Au ton du superintendant, il comprit qu'il y avait du nouveau. Ses vagues appréhensions de la veille lui revinrent.

— Vite, mon bon ami, dites-moi tout.

— C'est Mrs Lorrimer.

— Mrs Lorrimer ? Eh bien ?

— Que diable lui avez-vous raconté — ou vous a-t-elle raconté — hier ? Vous ne me dites jamais rien. En fait, vous m'avez laissé penser que c'était miss Meredith à qui nous en avions.

— Qu'est-il arrivé ? insista Poirot sans se démonter.

— Suicide.

— Mrs Lorrimer s'est suicidée ?

— Oui. Il semble qu'elle était très déprimée, très changée, ces derniers temps. Son médecin lui avait prescrit des somnifères. Elle en a pris trop la nuit dernière.

Poirot respira à fond.

— Il ne peut pas être question... d'accident ?

— Pas un instant. C'est du tout cuit. Elle a écrit aux trois autres.

— Quels trois autres ?

— Les trois autres. Roberts, Despard et miss Meredith. Pas la peine de chercher midi à quatorze heures, c'est clair comme le jour. Elle leur a écrit qu'elle a décidé d'abréger cette histoire, que c'est elle qui a tué Shaitana, et qu'elle les prie de lui pardonner — de lui pardonner ! — pour les ennuis qu'elle leur a causés à tous les trois. Le ton est posé, comme dans une lettre d'affaires. Typique du personnage. Le sang-froid fait femme.

Poirot ne répondit pas tout de suite.

Ainsi, Mrs Lorrimer avait eu le dernier mot. Elle s'était décidée, en fin de compte, à protéger Anne Meredith. À choisir une mort rapide et sans douleur plutôt qu'une longue et cruelle agonie. À faire pour finir un geste altruiste : sauver une jeune fille avec laquelle elle se sentait liée par une sympathie profonde. Tout cela mené à bien avec une impitoyable efficacité — un suicide soigneusement annoncé aux trois parties intéressées. Quelle femme ! Son admiration grandit encore. Ça lui ressemblait bien, cette détermination inexorable, cette persévérance employée à aller jusqu'au bout de ce qu'elle avait décidé.

Il avait cru l'avoir convaincue mais, de toute évidence, elle avait préféré s'en remettre à son propre jugement. Une volonté de fer.

Battle coupa court à ses méditations.

— Que diable lui avez-vous raconté, hier soir ? Vous avez dû lui mettre la puce à l'oreille, et voilà le résultat ! Alors qu'à la suite de cette entrevue, vous paraissiez certain de la culpabilité de miss Meredith.

Poirot resta silencieux. Morte, Mrs Lorrimer l'obligeait à se plier à sa volonté, ce qu'elle n'avait pas pu faire de son vivant.

— J'étais dans l'erreur... finit-il par déclarer lentement.

C'était des mots qu'il n'avait pas l'habitude de prononcer — et qui ne lui plaisaient pas.

— Vous avez commis une bourde, hein ? dit Battle. Quoi qu'il en soit, elle a dû penser que vous étiez à ses trousses. C'est une sale histoire... La laisser filer comme ça entre nos doigts !

— Vous n'auriez rien pu prouver contre elle, répliqua Poirot.

— Non, vous avez sans doute raison... c'est peut-être mieux ainsi. Vous... euh... vous n'aviez pas ça en vue, monsieur Poirot ?

Poirot se récria avec indignation. Puis il demanda :

— Racontez-moi exactement ce qui s'est passé.

— Roberts a ouvert son courrier juste avant 8 heures. Il n'a pas perdu de temps, il a chargé sa femme de chambre de nous prévenir — ce qu'elle a fait —, il a sauté dans sa voiture et il est arrivé chez Mrs Lorrimer alors qu'on ne l'avait pas encore réveillée. Il s'est précipité dans sa chambre, mais il était trop tard. Il a essayé la respiration artificielle mais il n'y avait plus rien à faire. Notre médecin légiste est arrivé peu après et a confirmé ses dires.

— Quel somnifère a-t-elle avalé ?

— Du véronal, je crois. Un barbiturique, en tout cas. Le flacon de comprimés était près d'elle.

— Et les deux autres ?

— Despard n'est pas à Londres. Il n'a pas eu son courrier ce matin.

— Et... miss Meredith ?

— Je viens de lui téléphoner.

— Eh bien ?

— Elle venait juste d'ouvrir sa lettre. Le courrier est distribué plus tard, là-bas.

— Quelle a été sa réaction ?

— Oh, parfaitement normale. Un soulagement intense décemment maîtrisé. Frappée, navrée... tout ça.

Poirot réfléchit.

— Où êtes-vous en ce moment, mon bon ami ?

— À Cheyne Lane.

— Bien. J'arrive tout de suite.

À Cheyne Lane, dans l'entrée, il croisa le Dr Roberts qui partait. Sa jovialité avait fondu comme neige au soleil. Il était pâle et paraissait secoué.

— Sale histoire, monsieur Poirot. En ce qui me concerne, je reconnais que je me sens soulagé, mais pour vous dire la vérité, cela m'a fait un choc. Je n'aurais jamais pensé que Mrs Lorrimer pouvait avoir tué Shaitana. J'en ai été très surpris.

— J'en suis aussi surpris que vous.

— Une femme tranquille, cultivée, indépendante... Je ne peux pas l'imaginer se livrant à un pareil acte de violence. Pour quelle raison, je me le demande... Enfin, après ça, nous ne le saurons jamais. Je serais pourtant très curieux de l'apprendre.

— Cet événement doit vous débarrasser d'un grand poids ?

— Oh, sans aucun doute. Ce serait de l'hypocrisie de ne pas le reconnaître. Ce n'est pas très agréable d'être soupçonné de meurtre. Quant à cette pauvre femme... ma foi, c'était pour elle la meilleure façon de s'en sortir.

— C'est aussi ce qu'elle a pensé.

Roberts hocha la tête et, tout en se dirigeant vers la porte, murmura :

— Une affaire de conscience, j'imagine...

Poirot était songeur. Le médecin avait mal compris la situation. Ce n'était pas le remords qui avait poussé Mrs Lorrimer au suicide.

Avant de monter, il s'arrêta pour dire quelques mots de réconfort à la vieille femme de chambre qui pleurait en silence.

— C'est terrible, monsieur. Vraiment terrible ! Nous l'aimions tous beaucoup. Quand on pense que vous preniez tranquillement le thé avec elle hier. Et aujourd'hui, elle n'est plus là. Tant que je vivrai, je ne pourrai pas oublier cette matinée. Ce gentleman carillonnant à la porte. Trois fois, il a sonné, avant que j'aie eu le temps d'arriver. « Où est votre maîtresse ? » il m'a crié. J'étais si troublée que je pouvais à peine répondre. Vous comprenez, nous n'entrions jamais chez elle avant qu'elle ait sonné... c'était les ordres. Et moi qui ne pouvais pas prononcer un mot. Et le docteur qui dit : « Où est sa chambre ? » et qui grimpe l'escalier et moi derrière lui, et je lui montre la porte et il se précipite à l'intérieur, sans même frapper, la regarde couchée et dit : « Trop tard. » Elle était morte, monsieur. Il m'a envoyée quand même chercher du cognac et de l'eau chaude, et il a essayé désespérément de la ranimer, mais rien à faire.

Et la police arrive et tout ça... ce n'est pas... ce n'est pas convenable, monsieur. Mrs Lorrimer n'aurait pas aimé ça. Et pourquoi la police ? Ce n'est pas son affaire, pour sûr, même s'il est arrivé un accident et que la pauvre maîtresse s'est trompée et en a pris trop.

Poirot ne répondit pas à sa question et demanda :

— Hier soir, votre maîtresse était comme d'habitude ? Elle n'avait pas l'air inquiète, ou soucieuse ?

— Non, je ne pense pas, monsieur. Elle était fatiguée, et je crois qu'elle souffrait. Elle n'était pas bien, ces derniers temps.

— Oui, je sais.

La sympathie qui s'exprimait dans le ton de Poirot l'incita à poursuivre.

— Ce n'était pas quelqu'un à se plaindre, monsieur, mais la cuisinière et moi, nous nous faisions du souci pour elle depuis quelque temps. Elle ne pouvait pas faire tout ce qu'elle faisait avant, ça la fatiguait. Peut-être que la jeune dame qui est venue après vous, ç'a été trop pour elle.

Un pied sur l'escalier, Poirot se retourna.

— La jeune dame ? Une jeune dame est venue hier soir ?

— Oui, monsieur. Juste après votre départ. Miss Meredith, elle s'appelait.

— Elle est restée longtemps ?

— À peu près une heure, monsieur.

Poirot demeura un instant silencieux.

— Et ensuite ? demanda-t-il.

— La maîtresse est allée se coucher. Elle a dîné au lit. Elle a dit qu'elle était fatiguée.

Poirot observa de nouveau un instant de silence, puis demanda :

— Savez-vous si votre maîtresse a écrit des lettres, hier soir ?

— Vous voulez dire, quand elle était déjà au lit ? Je ne crois pas, monsieur.

— Mais vous n'en êtes pas sûre ?

— Il y avait déjà des lettres sur la table de l'entrée, prêtes à être postées, monsieur. C'est la dernière chose que nous faisons avant de fermer la maison. Mais je crois qu'elles étaient déjà là beaucoup plus tôt.

— Combien y en avait-il ?

— Deux ou trois, je ne sais plus... trois, je crois.

— Vous — ou la cuisinière —, celle qui les a postées n'a pas remarqué par hasard à qui elles étaient adressées ? Ne prenez pas mal ma question, c'est de la plus haute importance.

— Je suis allée à la poste moi-même, monsieur. Celle du dessus était pour Fortnum & Mason's. Les autres, je ne sais pas.

Elle avait l'air sincère.

— Êtes-vous certaine qu'il n'y avait pas plus de trois lettres ?

— Oui, monsieur, tout à fait certaine.

Poirot hocha la tête avec gravité. Il grimpa quelques marches et se retourna de nouveau :

— Vous saviez, je suppose, que votre patronne prenait des comprimés pour dormir ?

— Oh, oui, monsieur. C'étaient les ordres du docteur. Le Dr Lang.

— Savez-vous où elle les rangeait ?

— Dans sa chambre, monsieur, dans une petite armoire.

Poirot arrêta là ses questions. Il monta. Il avait le visage très grave.

Battle l'attendait sur le palier. Il semblait soucieux et épuisé.

— Je suis content que vous soyez venu, monsieur Poirot. Permettez-moi de vous présenter le Dr Davidson.

Le médecin légiste lui serra la main. C'était un individu grand et mélancolique.

— Nous n'avons pas eu de chance, dit-il. Une heure ou deux plus tôt, nous aurions pu la sauver.

— Hum ! fit Battle. Je ne devrais pas le dire carrément, mais je n'en suis pas mécontent. C'était... eh bien, c'était une dame. Je ne connais pas les raisons qui l'ont poussée à tuer Shaitana, mais elles étaient sans doute valables.

— De toute façon, remarqua Poirot, il est peu probable qu'elle eût vécu jusqu'à son procès. Elle était très malade.

Le médecin hocha la tête.

— C'est exact. Ma foi, c'est peut-être mieux ainsi.

Il s'engagea dans l'escalier.

Battle le suivit.

— Une minute, docteur !

La main sur la poignée de la porte, Poirot murmura :

— Je peux entrer ?

Battle tourna la tête.

— Allez-y. Nous avons fini.

Poirot entra, et ferma la porte derrière lui.

Debout près de son lit, il regarda le visage paisible de la morte.

Il était très troublé.

La défunte avait-elle choisi cette issue dans un ultime effort pour sauver une jeune fille du déshonneur et de la mort, ou y avait-il à ça une explication beaucoup plus sinistre ?

Il y avait certains faits...

Soudain, il se pencha, et examina un bleu à peine marqué sur l'avant-bras de la morte.

Il se redressa. Il avait cette lueur dans l'œil, bien connue de ses proches collaborateurs, qui rappelait celle des chats.

Il quitta prestement les lieux et descendit. Battle et un de ses subordonnés étaient au téléphone. Ce dernier raccrocha et déclara :

— Il n'est pas rentré, monsieur.

Battle expliqua :

— Despard. J'essaie en vain de le joindre. Il y a bien une lettre pour lui avec le tampon de Chelsea.

Poirot posa une question saugrenue.

— Le Dr Roberts avait-il pris son petit déjeuner avant de venir ici ?

Battle le regarda en écarquillant les yeux.

— Non, répondit-il. Je me rappelle l'avoir entendu dire qu'il était sorti avant.

— Dans ce cas, il doit être chez lui. On va pouvoir le joindre.

— Mais pourquoi ?

Poirot composait déjà le numéro.

— Docteur Roberts ? C'est le Dr Roberts lui-même ? Mais oui, c'est Poirot à l'appareil. Juste une question. L'écriture de Mrs Lorrimer vous est-elle familière ?

— L'écriture de Mrs Lorrimer ? Je... non, je ne crois pas l'avoir jamais vue auparavant.

— Je vous remercie.

Poirot raccrocha aussitôt.

Battle le regardait, toujours aussi étonné.

— C'est quoi, la grande idée, monsieur Poirot ?

Poirot le prit par le bras.

— Écoutez, mon bon ami. Quelques instants après que j'ai quitté cette maison, hier soir, Anne Meredith est arrivée. En fait, je l'ai vue monter le perron, mais je n'étais pas sûr que c'était bien elle. Tout de suite après son départ, Mrs Lorrimer est montée se coucher. Pour autant qu'elle le sache, la domestique pense qu'elle n'a pas écrit de lettres ensuite. Et pour des raisons que vous comprendrez lorsque je vous aurai raconté mon entrevue avec elle, *je ne crois pas qu'elle ait écrit ces trois lettres avant ma visite.* Quand les a-t-elle écrites, alors ?

— Après que les domestiques se sont couchées ? suggéra Battle. Elle se sera relevée et les aura postées elle-même.

— Oui, c'est une possibilité, mais il y en a une autre... *Qu'elle ne les ait pas écrites du tout.*

Battle émit un petit sifflement.

— Mon Dieu, vous voulez dire que...

Le téléphone sonna. Le sergent décrocha le combiné. Il écouta un instant puis se tourna vers Battle.

— C'est le sergent O'Connor qui appelle de chez Despard, monsieur. Il pense que le major est à Wallingford-on-Thames.

Poirot saisit le bras de Battle.

— Vite, mon bon ami. Nous devons aller à Wallingford, nous aussi. Je n'ai pas l'esprit tranquille. Cette histoire n'est pas terminée. Je vous le répète, mon bon ami, cette jeune personne est dangereuse.

29

ACCIDENT

— Anne ! fit Rhoda.

— Hmm ?

— Allons, Anne, ne me réponds pas en pensant à tes mots croisés. Écoute-moi.

— Je t'écoute.

Anne posa son journal et s'assit bien droite.

— Voilà qui est mieux. Je voudrais... (Rhoda hésita.) C'est à propos de ce type qui doit venir...

— Le superintendant Battle ?

— Oui. Je voudrais que tu lui parles... de ton passage chez les Benson.

— Ridicule. Pourquoi ça ? fit Anne d'un ton glacial.

— Parce que... on pourrait croire... C'est comme si tu cherchais à cacher quelque chose. Je suis sûre qu'il aurait mieux valu en parler.

— Je ne peux guère le faire maintenant, rétorqua Anne.

— Je regrette que tu ne l'aies pas fait tout de suite.

— Eh bien, il est trop tard pour se mettre martel en tête à présent.

— Oui, répondit Rhoda, sans conviction.

— De toute façon, je ne vois pas *pourquoi*. Cela n'a rien à avoir avec cette affaire.

— Non, bien sûr que non.

— Je n'y suis restée que deux mois environ. Ces trucs, il ne les demande que comme... enfin comme des références. Deux mois, ça ne compte pas.

— Non, je sais bien. Je suis sans doute stupide, mais

cela m'inquiète quand même. Je pense que tu devrais en parler. Tu comprends, s'il l'apprenait par ailleurs, cela pourrait faire mauvais effet — que tu l'aies tenu secret, je veux dire.

— Je ne vois pas comment il l'apprendrait. Personne n'est au courant sauf toi, non ?

— N...non.

L'hésitation de Rhoda fit bondir Anne.

— Bon sang ! Qui d'autre encore pourrait le savoir ?

— Eh bien, mais... Tout le monde à Combeacre, répondit Rhoda au bout d'un instant.

— Oh, ça ! répliqua Anne en haussant les épaules. Ça m'étonnerait que le superintendant tombe sur quelqu'un de là-bas. Comme coïncidence, ce serait quand même extraordinaire.

— Les coïncidences, ça se produit tous les jours.

— Rhoda, tu es incroyable. Ce que tu peux faire comme histoires pour si peu ! Et que je te ramène ça sur le tapis ! Et que je t'insiste ! Et que je te répète ça sans trêve ni repos !

— Excuse-moi, ma chérie. Mais tu sais bien ce que ferait la police si elle apprenait que tu lui as... eh bien, caché des choses.

— Elle ne l'apprendra pas. Qui le lui dirait ? Personne n'est au courant, sauf toi.

C'était la deuxième fois qu'elle prononçait ces paroles, mais, cette fois, le ton avait un peu changé. Il avait quelque chose de bizarre, de dubitatif...

— Oh, comme je préférerais que tu le fasses, soupira Rhoda d'un air malheureux.

Elle lui lança un coup d'œil coupable, mais Anne ne la regardait pas. Elle était assise, les sourcils froncés, comme perdue dans ses calculs.

— C'est chic que le major Despard vienne nous voir, dit soudain Rhoda.

— Quoi ? Ah ! oui...

— Oh, Anne, c'est fou ce qu'il est séduisant ! Si tu ne veux pas de lui, je t'en prie, je t'en supplie, je t'en conjure, refile-le-moi !

— Ne sois pas ridicule, Rhoda. Il se fiche de moi comme de l'an quarante.

— Dans ce cas, pourquoi s'obstine-t-il à venir ? Bien sûr que tu lui plais. Tu es exactement le genre de demoiselle en détresse qu'il doit se faire une joie de secourir. Tu as l'air si merveilleusement désarmée, Anne !

— Il n'est pas plus aimable avec moi qu'avec toi.

— Ça, c'est une question de politesse. Mais si tu ne veux vraiment pas de lui, je te garantis que je jouerais volontiers le rôle de l'amie compatissante, disposée à consoler son cœur brisé, etc. etc. Et à la fin, qui sait ? je décrocherai peut-être le gros lot ! conclut Rhoda sans élégance excessive.

— Je suis sûre qu'il ne demande que ça, ma chérie, répondit Anne en riant.

— Il a une si belle nuque ! soupira Rhoda. Divinement rouge brique et musclée.

— Chérie, ne sois pas d'un sentimentalisme bêlant !

— Est-ce qu'il te plaît, Anne ?

— Oui, beaucoup.

— Nous sommes bien sous tous rapports, non ? Je crois que je lui plais un petit peu, pas autant que toi, mais un petit peu.

— Oh, bien sûr, que tu lui plais, répliqua Anne.

Son ton avait de nouveau quelque chose d'inhabituel, mais Rhoda ne le remarqua pas.

— À quelle heure vient notre détective ? demanda-t-elle.

— À midi..., répondit Anne. Il n'est que 10 heures et demie, reprit-elle après un silence. Allons faire un tour jusqu'à la rivière.

— Mais, est-ce que... est-ce que Despard n'a pas dit qu'il viendrait vers 11 heures ?

— Pourquoi l'attendre ici ? Nous pouvons lui laisser un message chez Mrs Astwell pour lui indiquer où nous allons et il nous rejoindra par le chemin de halage.

— C'est vrai. « Ne sois pas une fille facile, ma chérie », comme disait toujours ma mère, répondit Rhoda en riant. Allons-y.

Elle se dirigea vers la porte du jardin. Anne la suivit.

Le major Despard arriva à Wendon Cottage environ dix minutes plus tard. Il n'était pas en retard, et il fut surpris d'apprendre que les deux jeunes filles étaient déjà parties.

Il passa par le jardin, traversa le champ et tourna à droite dans le chemin de halage.

Au lieu de retourner tout de suite à ses corvées matinales, Mrs Astwell le suivit des yeux pendant quelques minutes.

« Sûr qu'il a le béguin pour l'une ou pour l'autre, se dit-elle. Je pense que c'est pour miss Anne, mais ce n'est pas certain. On ne voit pas grand-chose sur sa figure. Il est pareil avec les deux. Et je crois aussi qu'elles ont toutes deux le béguin pour lui. Si ça continue, bientôt, elles ne seront plus d'aussi bonnes amies. Rien de tel qu'un monsieur pour semer la bisbille entre deux jeunes filles. »

Agréablement titillée à la perspective d'assister à des amours naissantes, Mrs Astwell retournait à sa vaisselle du petit déjeuner quand on sonna de nouveau.

— Au diable cette porte ! marmonna-t-elle. Ils le font exprès, ma parole ! Un paquet, sans doute. Ou un télégramme.

Elle alla ouvrir sans se presser.

Deux messieurs se tenaient sur le seuil, un petit à l'air étranger, et une caricature de Britannique, grand et costaud. Celui-ci, elle se souvenait de l'avoir déjà vu.

— Miss Meredith est chez elle ? demanda le grand gaillard.

— Elle vient de partir.

— Ah ! Par quel chemin ? Nous ne l'avons pas rencontrée.

Mrs Astwell, qui observait du coin de l'œil les stupéfiantes moustaches de l'autre gentleman et qui pensait à part elle que ces deux messieurs-là faisaient une paire d'amis plutôt bizarre, répondit volontiers :

— Elle est allée à la rivière.

— Et l'autre demoiselle ? Miss Dawes ? demanda Poirot.

— Elles sont parties ensemble.

— Ah, merci, dit Battle. Par où va-t-on à la rivière ?

— Prenez d'abord le sentier sur votre gauche, répondit aussitôt Mrs Astwell. En arrivant au chemin de halage, tournez à droite. Je les ai entendues dire qu'elles iraient par là. Vous les rattraperez, il n'y a pas un quart d'heure qu'elles sont parties.

« Je me demande bien qui vous êtes, vous deux, se dit-elle en refermant la porte à contrecœur après les avoir suivis des yeux avec curiosité. Je ne vois pas trop ce qui vous amène. »

Mrs Astwell retourna à son évier, pendant que Poirot et Battle prenaient le sentier indiqué qui déboucha soudain sur le chemin de halage.

Poirot hâtait le pas, sous l'œil étonné de Battle.

— Qu'est-ce qui se passe, monsieur Poirot ? Vous avez l'air bien pressé !

— C'est vrai. Je suis inquiet, mon bon ami.

— Quelque chose de spécial ?

Poirot secoua la tête.

— Non, mais on ne sait jamais. Tout est possible.

— Vous avez une idée derrière la tête, dit Battle. Vous avez insisté pour que nous venions ici ce matin sans perdre un instant et il fallait voir comme vous avez poussé Turner à appuyer sur le champignon ! De quoi avez-vous peur ? Que la fille essaie de filer ?

Poirot garda le silence.

— De quoi avez-vous peur ? répéta Battle.

— De quoi a-t-on toujours peur dans ces cas-là ?

Battle hocha la tête.

— Vous avez raison. Je me demande...

— Qu'est-ce que vous vous demandez, mon bon ami ?

— Je me demande si miss Meredith sait que son amie a raconté un certain fait à Mrs Oliver, déclara lentement Battle.

Poirot fit un vigoureux signe d'assentiment.

— Dépêchons-nous, mon bon ami, dit-il.

Ils hâtèrent le pas le long de la rivière. Il n'y avait pas d'embarcation en vue, mais à un tournant du chemin, Poirot s'arrêta net. L'œil vif de Battle avait saisi aussi.

— Le major Despard, dit-il.

Le major marchait à environ deux cents mètres devant eux.

Un peu plus loin, on apercevait les deux jeunes filles

dans une barque. Rhoda ramait, Anne était allongée et riait. Ni l'une ni l'autre ne regardaient vers la berge.

C'est alors... que *cela se produisit.* Anne tendit la main, Rhoda vacilla, tomba par-dessus bord, se raccrocha désespérément à la manche d'Anne, le bateau tangua, chavira, et les deux jeunes filles se mirent à se débattre dans l'eau.

— Vous avez vu ? s'écria Battle en se mettant à courir. La petite Meredith lui a attrapé la cheville et l'a fait basculer. Mon Dieu, c'est son quatrième meurtre !

Ils coururent tous les deux tant qu'ils purent. Mais quelqu'un les avait devancés. Il était clair qu'aucune des filles ne savait nager, mais le major Despard s'était précipité jusqu'au point le plus proche, avait plongé, et maintenant il nageait vers elles.

— Mon Dieu, voilà qui est intéressant, s'écria Poirot en attrapant le bras de Battle. Vers laquelle va-t-il aller d'abord ?

Les deux filles n'étaient pas ensemble. Environ une dizaine de mètres les séparaient.

D'un mouvement puissant, Despard nageait sans hésiter. Droit sur Rhoda.

Battle avait atteint à son tour le point le plus proche. Il plongea. Despard venait de ramener Rhoda saine et sauve. Il la hissa sur la rive, l'allongea, plongea de nouveau et nagea vers l'endroit où Anne venait de disparaître.

— Attention ! lui cria Battle. Il y a des algues !

Ils arrivèrent ensemble là où Anne avait déjà coulé.

Ils finirent par l'attraper et la ramenèrent entre eux deux jusqu'à la rive.

Poirot prodiguait ses soins à Rhoda. Elle était assise maintenant et respirait difficilement.

Despard et Battle allongèrent miss Meredith sur le sol.

— Respiration artificielle, dit Battle. C'est la seule chose à faire. Mais je crains qu'il ne soit trop tard.

Il se mit à l'ouvrage avec méthode. À côté de lui, Poirot se tenait prêt à le relayer.

Despard se laissa tomber près de Rhoda.

— Vous vous sentez bien ? demanda-t-il d'une voix rauque.

— Vous m'avez sauvée... C'est *moi* que vous avez sauvée... dit-elle lentement.

Elle lui tendit les mains et éclata en sanglots quand il les prit dans les siennes.

— Rhoda... murmura-t-il.

Leurs mains étaient étroitement enlacées.

Il eut une vision soudaine : la brousse africaine et Rhoda, rieuse, aventureuse, à son côté...

30

MEURTRE

— Vous voulez dire qu'Anne aurait eu l'intention de me faire basculer ? demanda Rhoda, incrédule. Je sais bien que c'est l'*impression* que j'ai eue. Et elle savait que j'étais incapable de nager. Mais... était-ce vraiment *volontaire* ?

— Tout ce qu'il y a de plus volontaire, répondit Poirot.

Ils roulaient dans les faubourgs de Londres.

— Mais pourquoi ? Pourquoi ?

Poirot ne répondit pas tout de suite. Il pensait connaître l'une des raisons qui avaient poussé Anne à agir comme elle l'avait fait, et pour l'instant cette « raison » était assise à côté de Rhoda.

Le superintendant Battle toussota.

— Préparez-vous à quelques chocs, miss Dawes. La mort de Mrs Benson, chez qui votre amie a travaillé, n'a pas été tout à fait un accident comme il y paraissait... du moins avons-nous lieu de le supposer.

— Que voulez-vous dire ?

— Nous pensons qu'Anne Meredith a interverti les bouteilles, déclara Poirot.

— Oh, non !... C'est trop horrible !... C'est *impossible* ! Anne ? Mais pourquoi ?

— Elle avait ses motifs, répondit Battle. Mais le fait est, miss Dawes, que pour miss Meredith *vous étiez la seule personne qui pouvait nous mettre sur la piste de cet incident*. Vous ne lui aviez pas raconté, j'imagine, que vous en aviez parlé à Mrs Oliver ?

— Non. J'ai pensé qu'elle serait fâchée contre moi.

— Elle l'aurait été. Très fâchée, dit Battle, l'air sombre. Mais comme elle pensait que le danger ne pouvait venir que de *vous,* elle a décidé de vous... euh... éliminer.

— M'éliminer ? *Moi ?* Oh ! c'est abominable ! Je ne croirai jamais ça.

— Bon, elle est morte maintenant, dit Battle. Alors autant en rester là. Mais ce n'était pas une gentille amie pour vous, miss Dawes. Et ça, c'est une certitude.

La voiture s'arrêta.

— Nous allons monter parler de tout ça chez M. Poirot, dit le superintendant Battle.

Dans le salon, ils trouvèrent Mrs Oliver en grande conversation avec le Dr Roberts. Ils étaient en train de boire du sherry. Mrs Oliver portait un chapeau qui aurait fait fureur au défilé du derby d'Epsom et une robe en velours noir ornée d'un nœud sur la poitrine — nœud sur lequel trônait un trognon de pomme de belle taille.

— Entrez, entrez, dit Mrs Oliver, aussi hospitalière que si elle se trouvait chez elle et non chez Poirot. Dès que j'ai reçu votre coup de fil, j'ai téléphoné au Dr Roberts et nous sommes venus ici. Tous ses malades sont en train de mourir, mais il s'en moque. En réalité, ils vont sans doute beaucoup mieux sans lui. Nous voulons tout savoir sur tout !

— Oui, c'est vrai, dit Roberts. Pour l'instant, je nage dans le brouillard.

— Eh bien, commença Poirot, l'affaire est close. Nous avons enfin découvert l'assassin de Mr Shaitana.

— C'est ce que Mrs Oliver m'a dit. La plus invraisemblable des meurtrières.

— Et pourtant, bel et bien une meurtrière, dit Battle. Trois meurtres à son actif — et ce n'est pas de sa faute si elle a raté le quatrième.

— Incroyable ! murmura Roberts.

— Pas du tout, déclara Mrs Oliver. Le personnage le plus inattendu. On dirait que ça se passe dans la vie comme dans les romans.

— Quelle journée ! remarqua Roberts. D'abord la

lettre de Mrs Lorrimer... Je suppose que c'était un faux, hein ?

— Tout juste. Un faux recopié en trois exemplaires.

— Elle s'en était adressé une à elle-même ?

— Bien sûr. Un faux très adroit — qui n'aurait pas trompé un expert, évidemment, mais il y avait peu de chances pour qu'on en appelle un. Tout semblait confirmer la thèse du suicide.

— Excusez ma curiosité, monsieur Poirot, mais qu'est-ce qui vous a permis de soupçonner que Mrs Lorrimer ne s'était pas suicidée ?

— Une petite conversation que j'ai eue avec sa femme de chambre à Cheyne Lane.

— Elle vous a parlé de la visite de miss Meredith, la veille au soir ?

— Entre autres, oui. Mais j'avais déjà en tête l'identité du coupable — je veux dire de la personne qui avait tué Mr Shaitana. Cette personne n'était pas Mrs Lorrimer.

— Qu'est-ce qui vous a fait soupçonner miss Meredith ?

Poirot leva la main.

— Une petite minute ! Laissez-moi vous expliquer les choses à ma manière. Autrement dit, procéder par élimination. Le meurtrier de Shaitana n'était pas Mrs Lorrimer, ni le major Despard... Curieusement, ce n'était pas non plus Anne Meredith...

Il se pencha en avant. Sa voix se fit douce et ronronnante, comme celle d'un chat.

— Voyez-vous, Dr Roberts, *c'est vous qui avez tué Mr Shaitana.* Et vous avez également tué Mrs Lorrimer...

Le silence dura pour le moins trois minutes. Puis Roberts se mit à rire, d'un rire assez menaçant.

— Êtes-vous devenu fou, monsieur Poirot ? Je n'ai certainement pas tué Mr Shaitana... et je suis dans l'impossibilité d'avoir tué Mrs Lorrimer. Mon cher Battle, dit-il en se tournant vers celui-ci, vous allez tolérer ça ?

— Je pense que vous auriez intérêt à écouter ce que

M. Poirot a à dire, répliqua le superintendant avec calme.

Poirot poursuivit :

— J'avais beau savoir depuis un certain temps que c'était vous — et vous seul — qui pouviez avoir tué Mr Shaitana, il m'était difficile de le prouver. Mais le cas de Mrs Lorrimer est tout à fait différent. Il ne s'agit pas d'une conviction de ma part. C'est beaucoup plus simple... *nous avons un témoin qui vous a vu faire.*

Roberts se fit soudain très calme. Mais ses yeux flambaient de haine. Il riposta vivement :

— Quelle absurdité !

— Oh, non. Pas du tout. Cela s'est passé tôt ce matin. Vous vous êtes introduit dans la chambre de Mrs Lorrimer, qui dormait encore profondément sous l'effet des somnifères qu'elle avait pris la veille. Vous avez prétendu avoir vu au premier coup d'œil qu'elle était morte ! Vous avez envoyé la femme de chambre chercher du cognac, de l'eau chaude et le reste. La domestique n'avait pu jeter qu'un bref regard. Elle vous a laissé seul dans la chambre. Que s'est-il passé alors ?

» Vous ne le savez peut-être pas, docteur Roberts, mais certaines entreprises qui emploient des laveurs de carreaux sont spécialisées dans le travail très matinal. Un laveur de carreaux est arrivé ici en même temps que vous. Il a installé son échelle et a commencé à travailler. La première fenêtre sur laquelle il est tombé était celle de la chambre de Mrs Lorrimer. Lorsqu'il a vu ce qui se passait, il a vite changé de place. Mais *il avait vu quelque chose*. Il va nous raconter lui-même son histoire.

Poirot alla ouvrir la porte, cria : « Entrez, Stephens ! » et retourna s'asseoir.

Un grand rouquin mal à l'aise fit son apparition. Il tenait à la main une casquette sur laquelle on pouvait lire « Les laveurs de carreaux de Chelsea ».

Poirot lui demanda :

— Reconnaissez-vous quelqu'un dans cette pièce ?

L'homme regarda autour de lui, puis fit un timide signe de tête en direction du Dr Roberts.

— Lui ! dit-il.

— Racontez-nous où vous l'avez vu la dernière fois, et ce qu'il faisait ?

— C'était ce matin. J'ai commencé à 8 heures, chez une dame à Cheyne Lane. Je faisais les fenêtres de la maison. La dame était au lit. Elle avait l'air malade. Elle ne faisait que tourner sa tête sur son oreiller. Ce monsieur, je l'ai pris pour un docteur. Il a retroussé la manche de la dame et lui a planté quelque chose dans le bras, à peu près ici. (Il désigna l'endroit du doigt.) Elle est retombée sur son oreiller. Je me suis dit que je ferais mieux de décamper et de changer de fenêtre. C'est ce que j'ai fait... J'ai pas fait quelque chose de mal ?

— Vous vous êtes admirablement conduit, mon bon ami, dit Poirot...

Il poursuivit d'un ton égal :

— Eh bien, Dr Roberts ?

— Un... un simple reconstituant, balbutia Roberts... Un dernier espoir de la faire revenir à elle. C'est monstrueux...

Poirot l'interrompit.

— Un simple reconstituant ? Du nitrogène-methyl-cyclo-hexenyl-methyl-malonyl, dit-il en prononçant avec onction, plus connu sous le nom d'Evipan. Utilisé comme anesthésique dans les interventions chirurgicales de courte durée. Injecté à forte dose par voie intraveineuse, il provoque un coma immédiat. Il est dangereux de l'associer au véronal ou à d'autres barbituriques. J'avais remarqué un léger hématome sur son bras, là où, de toute évidence, on avait dû lui injecter quelque chose dans la veine. Le médecin légiste alerté, la drogue a été détectée sans difficulté par sir Charles Imphrey lui-même, chef du laboratoire de toxicologie du ministère de l'Intérieur.

— Cela vous enfonce jusqu'au cou, déclara Battle. Inutile de prouver l'assassinat de Shaitana, mais bien sûr, si c'était nécessaire, nous pourrions vous inculper du meurtre de Mr Charles Craddock... et peut-être aussi de sa femme.

Après avoir entendu ces deux noms, Roberts renonça à la lutte.

Il s'appuya à son dossier.

— J'abandonne, dit-il. Vous m'avez eu. J'imagine que vous aviez été mis au courant par Shaitana ce soir-là, avant de venir. Moi qui pensais lui avoir proprement réglé son compte !

— Ce n'est pas Shaitana qu'il faut remercier, remarqua Battle. Tout l'honneur revient à M. Poirot.

Il alla à la porte et deux inspecteurs entrèrent.

Le superintendant Battle prit un ton officiel pour prononcer l'arrestation dans les règles.

Comme la porte se refermait derrière l'accusé, Mrs Oliver déclara, radieuse, sinon de parfaite bonne foi :

— J'ai toujours *clamé partout* que c'était lui !

31

CARTES SUR TABLE

Pour Poirot, l'heure était venue. Tous les visages tournés vers lui exprimaient la plus vive impatience.

— Vous êtes trop bons, dit-il en souriant. Vous savez, je pense, comme je me réjouis de faire ma petite conférence. Je suis un vieux radoteur.

» Pour moi, cette affaire est l'une des plus intéressantes qu'il m'ait été donné de résoudre. Il n'y avait *rien* sur quoi s'appuyer. Rien que quatre personnes, dont l'une *devait* avoir commis le crime. Mais laquelle ? Existait-il un élément qui permît d'en désigner une ? Au sens physique du terme, non. Aucun indice tangible, aucune empreinte, ni papiers ni documents compromettants. Il n'y avait que... les gens eux-mêmes.

» Et une piste : les marques de bridge.

» Vous vous souvenez que je me suis intéressé à ces scores depuis le début. Ils m'ont renseigné sur ceux qui les avaient écrits, mais ils ont fait plus encore. Ils m'ont mis sur une piste valable. J'ai tout de suite remarqué, dans la troisième partie, le chiffre de 1 500. Il ne pouvait représenter qu'une seule chose : une annonce de grand chelem. Maintenant, si quelqu'un décide de commettre un meurtre dans des circonstances aussi peu indiquées — c'est-à-dire durant une partie de bridge — cette personne prend deux risques sérieux. Le premier, c'est que la victime peut crier, et le second, même si la victime ne crie pas, c'est que l'un des trois autres joueurs peut lever les yeux au moment psychologique et *voir ce qui se passe*.

» Pour ce qui est du premier risque, il n'y a rien à faire.

Sinon tenter sa chance. Mais on peut diminuer le second. On comprend aisément que, pendant une partie intéressante et excitante, l'attention des joueurs soit concentrée sur le jeu, alors qu'on a tendance à regarder autour de soi quand on s'ennuie. Une demande de grand chelem est toujours excitante. Et très souvent contrée — comme cela a été le cas ici. Chacun des trois joueurs est attentif — l'annonceur à remplir son contrat, ses adversaires à se défausser prudemment et à le faire chuter. Il existait donc une sérieuse possibilité que le meurtre ait été commis à ce moment-là et j'ai décidé de chercher à savoir comment s'étaient déroulées les annonces. J'ai vite découvert que durant cette partie, c'était le Dr Roberts qui avait fait le mort. Gardant ça à l'esprit, j'ai examiné l'affaire sous un deuxième angle : la probabilité psychologique. Des quatre suspects, Mrs Lorrimer m'avait frappé comme étant la plus capable d'organiser un meurtre et de le mener à bien, mais je ne la voyais pas tuant quelqu'un de façon improvisée, sur l'inspiration du moment. D'autre part, son comportement ce soir-là m'avait intrigué. Il suggérait soit qu'elle avait commis le meurtre elle-même, soit qu'elle savait qui l'avait commis. D'un point de vue psychologique, miss Meredith, le major Despard et le Dr Roberts pouvaient être coupables, mais, comme je l'ai déjà dit, chacun d'eux aurait commis le crime d'un *point de vue* différent.

» Je me suis livré ensuite à une seconde expérience. J'ai demandé à chaque participant de me décrire ce qu'il se rappelait de la pièce. J'en ai tiré de précieuses informations. Tout d'abord, le Dr Roberts était de loin le plus susceptible d'avoir remarqué le poignard. Il avait observé toutes sortes de babioles, c'est ce qu'on appelle un observateur-né. Cependant, il ne se rappelait pratiquement rien du jeu. Je ne m'attendais pas à beaucoup de détails, mais un oubli aussi complet permettait de supposer qu'il avait l'esprit ailleurs. De nouveau, comme vous voyez, le Dr Roberts était tout désigné.

» Mrs Lorrimer avait une mémoire des cartes tout à fait extraordinaire, et, avec un tel pouvoir de concentration, j'imaginais très bien qu'on puisse assassiner quelqu'un à côté d'elle sans qu'elle s'en aperçoive. Elle m'a donné un renseignement capital. Le grand chelem avait été annoncé par le Dr Roberts — sans justification — et il l'avait demandé non dans sa couleur mais dans celle de sa partenaire, ce qui obligeait Mrs Lorrimer à jouer.

» La troisième analyse, à laquelle le superintendant Battle et moi attachions beaucoup d'importance, était celle des meurtres passés qui nous permettait d'établir une similarité de méthode. Le mérite de leur découverte revient au superintendant Battle, à Mrs Oliver et au colonel Race. Quand j'en avais parlé avec lui, mon ami Battle m'avait avoué sa déception car il n'avait trouvé aucune similitude entre les trois crimes passés et le meurtre de Mr Shaitana. Mais, en réalité, il avait tort. Lorsqu'on examine avec attention, *d'un point de vue psychologique et non physique*, les deux meurtres attribués au Dr Roberts, on voit bien qu'*ils sont exactement calqués*. Ils font aussi partie de ce qu'on pourrait appeler des meurtres *publics*. Un blaireau audacieusement infecté dans le propre cabinet de toilette de la victime, alors que le médecin est censé se laver les mains après sa visite. Mrs Craddock assassinée sous couvert d'un vaccin contre la typhoïde. Tout ça exécuté au grand jour, sous les yeux de tous, pourrait-on dire. Et la réaction de l'homme est la même. Acculé, il risque le tout pour le tout et tente sa chance, exactement comme il le fait au bridge. De même qu'au bridge, en assassinant Mr Shaitana, il a pris un gros risque et il a bien joué ses cartes. Le coup a été porté sans faute et au bon moment.

» Seulement patatras ! juste à l'instant où j'avais acquis la certitude que le Dr Roberts était notre homme, Mrs Lorrimer me fait appeler... et s'accuse du meurtre de façon fort convaincante. J'ai bien failli la croire ! Pendant une ou deux minutes, je l'ai vraiment *crue*, et puis mes petites cellules grises ont repris le dessus. Ce n'était pas possible... donc cela n'était pas !

» Mais ce qu'elle m'a dit alors était encore plus impossible.

» Elle m'a assuré qu'elle avait vu Anne Meredith commettre le crime.

» C'est seulement le lendemain matin, quand je me suis trouvé près du lit d'une femme morte que j'ai compris comment je pouvais avoir raison, en même temps que Mrs Lorrimer disait la vérité.

» Anne Meredith va jusqu'à la cheminée... *et s'aperçoit que Mr Shaitana est mort !* Elle se penche sur lui, tend peut-être même la main vers le pommeau brillant et serti de pierreries du stylet.

» Ses lèvres s'entrouvrent, mais elle ne crie pas. Elle se souvient de ce qu'a dit Shaitana pendant le dîner. Il a peut-être consigné tout ça par écrit ? Elle, Anne Meredith, avait un motif pour désirer sa mort. Tout le monde penserait qu'elle l'avait tué. Il ne fallait pas qu'elle crie. Tremblante de frayeur et d'appréhension, elle retourne à sa place.

» Ainsi, Mrs Lorrimer a raison, puisqu'elle a vraiment, pense-t-elle, vu le crime se commettre — mais j'ai raison moi aussi parce qu'en réalité ce n'est pas le cas.

» Si le Dr Roberts s'en était tenu là, je doute que nous ayons jamais pu lui attribuer la paternité de ses crimes. Nous y serions *peut-être* arrivés, grâce à un mélange de bluff et astuces diverses. En tout cas, j'aurais *essayé*.

» Mais il a perdu son sang-froid et, encore une fois, a surestimé son jeu. Il a sorti de mauvaises cartes et il a chuté.

» Il ne fait pas de doute qu'il n'était pas tranquille. Il savait que Battle rôdait autour de lui. Il voyait déjà sa situation précaire se prolonger indéfiniment, avec la police qui continuerait à chercher et qui tomberait peut-être par miracle sur la trace de ses crimes passés. Il eut soudain l'idée de génie d'utiliser Mrs Lorrimer comme bouc-émissaire. Son œil exercé avait sans doute deviné qu'elle était malade et que sa vie ne pouvait guère se prolonger. Rien de plus naturel pour elle, dans ces conditions, que de choisir une porte de sortie plus rapide et d'avouer son crime ! Il se procure donc un échantillon de son écriture, fabrique trois lettres identiques et arrive en courant ce matin-là chez Mrs Lorrimer avec cette histoire de lettre qu'il vient de recevoir. Il a chargé sa domestique de téléphoner à la police. Il n'a besoin que d'un peu d'avance. Et il l'obtient. Le temps que le médecin légiste arrive, tout est fini. Le Dr Roberts a son histoire de respiration artificielle toute prête. Tout est parfaitement plausible, tout est clair comme de l'eau de roche.

» Il n'a pas l'idée de faire porter les soupçons sur Anne Meredith. Il ne sait même pas qu'elle est venue la veille. Il n'a en vue que le suicide prémédité et la sécurité qui en découle.

» Il passe un très mauvais moment quand je lui demande s'il connaît l'écriture de Mrs Lorrimer. Si on a décelé le faux, il doit prétendre, pour se sauver, qu'il ne l'a jamais vue. Son esprit travaille vite, mais pas assez vite.

» De Wallingford, j'appelle Mrs Oliver. Elle joue son rôle en endormant ses soupçons et en l'amenant ici. Et alors qu'il se félicite de la tournure que prennent les choses, même si elles s'écartent de ses plans, le coup s'abat. Hercule Poirot bondit ! Ainsi, le joueur ne pourra plus tricher pour se tirer d'affaire. Il a jeté ses cartes sur la table. C'est fini.

Le silence se fit. Puis Rhoda soupira.

— Quelle chance que ce laveur de carreaux se soit justement trouvé là ! dit-elle.

— La chance ? La chance, dites-vous ? La chance n'y est pour rien, mademoiselle. Mais bien les petites cellules grises d'Hercule Poirot. Cela me fait penser...

Il alla à la porte.

— Entrez... Entrez, cher ami. Vous avez joué votre rôle à merveille.

Il revint, accompagné du laveur de carreaux, qui portait maintenant ses cheveux roux à la main et avait l'air de quelqu'un de tout différent.

— Mon ami, Mr Gerald Hemmingway, un jeune acteur qui ira loin.

— Alors il n'y avait pas de laveur de carreaux ? s'écria Rhoda. Personne ne l'a vu ?

— Moi je l'ai vu, répondit Poirot. Avec l'œil de l'esprit, on en voit plus qu'avec l'œil du corps. Il suffit de se caler dans un fauteuil et de fermer les yeux...

— Poignardons-le, Rhoda, proposa gaiement Despard. Et voyons si son fantôme sera capable de revenir et de découvrir qui a fait le coup !

Imprimé en Espagne par LIBERDUPLEX (Barcelone)
Édition 01 – Dépôt légal : 97877 – 02/08